# 明代量詞及其語法化研究（上）

閆瀟　著

## 作者簡介

閆瀟，女，1995 年生，鄭州大學漢字文明研究中心博士研究生，主要從事漢語語法史、漢字理論與漢字史方向的研究。曾參與國家社科基金重大項目「清代《說文》學新材料的普查、整理與研究」（21&ZD299）、國家社科基金項目《漢語量詞發展史研究》（13CYY058）、教育部人文社科項目《先秦兩漢量詞發展史研究》（12YJC740045）、山東省社科重點項目「現代漢語量詞系統的生成、演化及其當代發展新趨勢研究」（20BYYJ03）等。在《古漢語研究》《寧夏大學學報》等刊物發表學術論文數篇。

## 提　要

　　量詞豐富、用法複雜是漢語的重要特點之一，也是漢語史研究的重點問題之一；小說在明代空前繁榮，白話小說能很好地保留當時口語的原貌，具有較高的語料價值和研究價值。本書以明代白話小說量詞為研究對象，選取 55 部明代白話小說，窮盡性統計並分類描寫量詞 323 個（不包括借用名量詞和借用動量詞），又選取其中 20 部作品統計出 41645 例物量表示法和 7893 例動量表示法中不同數量結構的使用頻率，對明代漢語量詞系統的整體特徵和數量表示法進行共時描寫和歷時比較研究，深入分析量詞的語法化程度。每一歷史時期的新興量詞與量詞溯源工作密切相關，具有重要學術價值和研究意義，本書考察出明代新興量詞 36 個，其中 25 個新興量詞和 9 個量詞的新興用法可以修正辭書釋義。此外，量詞連用是漢語量詞使用的特殊現象，在明代量詞系統中較為常見，目前學界關注甚少，本書考察發現這一現象萌芽於漢代，初唐至五代迅速發展，到明代逐漸成熟；量詞連用具有簡潔、靈活的優勢，但缺乏明晰性、穩定性，明清以後逐漸衰弱。本書在共時描寫的同時，關注明代量詞系統在整個近代漢語鏈條上的歷史地位，在歷時比較中得出明代量詞系統漸趨成熟完善的結論。

國家社科基金項目
《漢語量詞發展史研究》（13CYY058）

**上　冊**

緒　論 ……………………………………………………………… 1

第一章　明代個體量詞研究 ………………………………… 13

第一節　泛指類個體量詞 …………………………………… 13

第二節　外形特徵類個體量詞 ……………………………… 19

一、點狀量詞 ………………………………………………… 19

二、塊狀量詞 ………………………………………………… 24

三、片面狀量詞 ……………………………………………… 26

四、線狀量詞 ………………………………………………… 33

五、團狀量詞 ………………………………………………… 47

六、動狀量詞 ………………………………………………… 49

七、其他量詞 ………………………………………………… 57

第三節　非外形特徵類個體量詞 …………………………… 62

一、替代型量詞 ……………………………………………… 62

二、憑藉型量詞 ……………………………………………… 72

三、專指型量詞 ……………………………………………… 77

第二章　明代集體量詞研究 ………………………………… 113

第一節　外形特徵類集體量詞 ……………………………… 113

一、動狀集體量詞 …………………………………………… 113

二、叢簇狀集體量詞 ………………………………………… 128

三、線狀集體量詞 …………………………………………… 130

四、其他類 …………………………………………………… 135

第二節　非外形特徵類集體量詞 …………………………… 137

一、特約類集體量詞 ………………………………………… 137

二、專指類集體量詞 ………………………………………… 140

**下　冊**

第三章　明代借用名量詞和制度量詞研究 ………………… 155

第一節　借用名量詞研究 …………………………………… 155

一、容載型借用量詞 ………………………………………… 155

二、附容處所型借用量詞 …………………………………… 176

三、估量型借用量詞 ………………………………………… 195

第二節　制度量詞研究 ……………………………………… 199

一、度制量詞 ………………………………………………… 199

二、量制量詞 ………………………………………………… 203

三、衡制量詞 …………………………………… 206
四、面積單位量詞 ……………………………… 208
五、貨幣量詞 …………………………………… 209
六、布帛類量詞 ………………………………… 211

第四章　明代動量詞研究 ………………………… 213
第一節　專用動量詞研究 …………………… 213
一、計數動量詞 ………………………………… 213
二、整體動量詞 ………………………………… 215
三、空間動量詞 ………………………………… 218
四、持續動量詞 ………………………………… 219
五、短時動量詞 ………………………………… 221
六、伴隨動量詞 ………………………………… 224
第二節　借用動量詞研究 …………………… 226
一、器官動量詞 ………………………………… 226
二、工具動量詞 ………………………………… 229
三、伴隨動量詞 ………………………………… 235
四、同形動量詞 ………………………………… 242

第五章　明代量詞歷時發展及其語法化研究 … 245
第一節　明代量詞數量表示法及歷時發展 … 245
一、明代量詞數量表示法的分類考察 ………… 245
二、明代量詞數量表示法的歷時發展 ………… 250
第二節　明代量詞的語義、語法特徵 ……… 261
一、明代量詞的語法特徵 ……………………… 261
二、明代量詞的語義特徵 ……………………… 282

第六章　明代新興量詞及量詞連用現象研究 … 289
第一節　明代新興量詞的辭書學價值 ……… 289
一、辭書義項增補 ……………………………… 290
二、辭書釋義訂補 ……………………………… 291
三、提前初始例 ………………………………… 294
第二節　量詞連用現象及歷時發展 ………… 298
一、量詞連用的產生和歷時發展 ……………… 300
二、量詞連用產生、發展和衰落的原因 ……… 311

參考文獻 …………………………………………… 317
附錄一　明代白話小說量詞總表 ………………… 323
附錄二　語料簡介 ………………………………… 327

# 緒　論

　　量詞是用來稱量人、物、動作的數量的詞，量詞豐富是漢語的重要特點之一。量詞系統並非先在的，是經歷漫長的語法化歷程，由名詞、動詞等其他詞類語法化而來的。漢語量詞發展演變的系統研究對於建立科學的漢語史體系、發展對外漢語教學都有重要價值和意義。

## 第一節　明代量詞研究現狀

　　目前關於明代的量詞研究相比於其他時期的量詞研究，數量較少，約有論文三十篇，主要集中在專書量詞研究和專題量詞研究兩方面。

### 一、專書量詞研究

　　何樂士先生說：「專書語法研究的興起和發展是語言學史中具有里程碑意義的大事。它把語法研究由主觀取例的方法轉移到充分重視第一手資料的科學軌道上來。」[註1] 足見專書研究的重要性。專書量詞研究一般先窮盡性統計書中量詞並進行分類探討，在定量分析的基礎上開展定性分析。目前對明代白話小說量詞已有的專書研究限於「三言」「二拍」《西遊記》《三國演義》《水滸傳》《金瓶梅》《型世言》和《清平山堂話本》等幾部小說。

---

〔註1〕何樂士：《專書語法研究的幾點體會》，北京：商務印書館，2000 年，第 360 頁。

　　《六十種曲》是中國戲劇史上規模最大的戲曲總集，也是最早的傳奇總集，彙集元明兩代作品，明末毛晉輯。葉桂郴《〈六十種曲〉和明代文獻的量詞》（2005）考察《六十種曲》和其他明代文獻的量詞使用，指出明代量詞對前代的繼承關係，分析明代某些量詞消失的原因以及新量詞演變的軌跡，還詳細論證了漢語量詞虛化的過程和理據，總結出量詞消長的兩個原因——量詞本身的發展機制和語言發展。文章還指出明代是量詞發展的又一重要時期，魏晉南北朝時期量詞語法規範已完成，而數量表示法和稱量關係的穩定是在明代。但葉文受所用文獻限制，文中認定的在明代已經消亡的量詞其實在明代白話小說中仍然存在，如稱量文書的量詞「藏」以及稱量燈的量詞「碗」，在《水滸傳》中有「與汝置經一藏」，《喻世明言》中有「去側首見一碗燈」。

　　「三言」「二拍」是明代五本著名傳奇小說集的合稱，是中國古典短篇白話小說的巔峰之作，口語性極強，量詞豐富，徐晶晶（2008）和楊琳（2009）、韓笑（2010）分別研究「三言」和「二拍」中的量詞。徐晶晶《〈三言〉量詞研究》對《喻世名言》《警世通言》《醒世恒言》三部小說中的量詞進行分類描寫，統計出量詞 334 個（名量詞 272 個，動量詞 62 個），共出現 14712 次。文章分析了《三言》中出現的雙音節量詞、量詞重疊的語法意義和量人量詞的情態色彩三種現象，並用《三言》中的量詞補正和輔證已有明代量詞研究。楊琳《「二拍」量詞研究》窮盡性地考察描寫《初刻拍案驚奇》與《二刻拍案驚奇》中的量詞，統計「二拍」中量詞 343 個（名量詞 232 個，動量詞 111 個），共出現 12838 次，並對「二拍」中出現的稱數法、雙音節量詞、量詞重疊的語法意義等問題進行探討。

　　《型世言》是明代崇禎年間刊行的一部話本小說集，又被稱為「三刻拍案驚奇」，自明末清初以來，湮沒已久，鮮為人知。李洪林《〈型世言〉量詞研究》（2015）對《型世言》量詞進行窮盡性地統計、分類與描寫，統計出量詞 377 個，其中名量詞 224 個（專用名量詞 147 個，借用名量詞 57 個，準量詞 20 個），動量詞 153 個（專用動量詞 19 個，借用動量詞 134 個）。文章從語法、語義、語用三方面分析《型世言》中的量詞，指出《型世言》屬明代官話語料，量詞系統表現出方言和口語化特色、量詞功能多樣和量詞缺少「一Ａ一Ａ」構詞方式三個特點，但文章未涉及數量結構的描寫、統計和分析。此外，馬菁菁（2015）、陳媛茜（2015）也對《型世言》中的量詞進行研究。

　　《西遊記》《三國演義》《水滸傳》和《金瓶梅詞話》是明代「四大傳奇」，這四部著作分別代表四種小說類型，又稱「四大奇書」。孫欣《明代四大傳奇量詞研究》（2004）窮盡性考察這四部著作中的量詞，對其進行描寫和全面分析，統計出四部著作中共 469 個（不計度量量詞和借用動量詞）量詞，出現 28526 次，並具體討論了名量詞詞尾化、「量名」式結構、雙量複合詞構詞法以及量詞詞綴等明代量詞在使用上的特點。但文章未涉及量詞數量結構的考察，且對一些量詞的發展演變解釋得不夠清楚，在比較明代「四大傳奇」中存在的量詞與現漢量詞時，沒能對量詞產生、消失的原因進行歸納總結。

　　有對「四大傳奇」中單本書目進行專書研究的。余敏（2009）、于燕（2009）、張瀟瀟（2011）都對《西遊記》中的量詞進行研究，張瀟瀟統計出《西遊記》名量詞 254 個，專用動量詞 21 個，並對書中的量詞系統進行描寫、分析，認為這一時期量詞分工更細，表義更具體、形象。文章舉例分析《西遊記》的數量結構，缺乏數據支撐，故不能明確展現出這一時代佔優勢地位的數量表示法，也無法推知這一時代量詞語法化程度，對量詞的特殊用法關注也較少。惠紅軍（2006）、王小敏（2007）對《水滸傳》量詞進行研究，惠紅軍用範疇化、詞類的家族相似性等現代漢語常用理論，結合現代漢語方言的語言事實，分類描寫《水滸傳》的量詞；用三個平面的語法觀、結構主義和系統功能等現代語言學等理論分析量詞的詞法特點、句法功能、語義特徵等；文章還對《水滸傳》量詞進行歷時考察，認為該書量詞系統繼承與發展並重，但與現漢相較其量詞系統並未完全成熟。此外，阿茹恒（2023）對《三國演義》中的名量詞進行研究。

　　以上是對明代專書進行的量詞研究，其中不乏較詳細展示量詞發展狀況的文章，也都有一定的數據支撐，但是在量詞數量表示法研究方面都有所欠缺，僅限舉例和簡單描寫，缺乏全面的數據統計，科學性與理論性不足，不能全面展現這一時期量詞系統的發展狀況，故本書針對這一問題，對量詞的數量表示法進行較為詳細的分類和數據統計。

## 二、專題量詞研究

　　專題量詞研究與專書研究相比內容較複雜，有針對量詞中某一具體類別進行研究的；也有針對量詞的某一特殊用法、數量結構以及特殊量詞和方言量詞進行研究的；還有針對量詞修辭以及量詞語法功能進行研究的。

　　名量詞是整個量詞系統的核心組成部分，對名量詞進行專題研究的較多。許仰民（2005）、呂鳳嬌（2013）對《金瓶梅詞話》中的名量詞進行研究。呂鳳嬌以該書名量詞作為研究對象，窮盡性統計並分類描寫專用名量詞 138 個，借用名量詞 83 個，從語法、語義、語用三方面對《金瓶梅詞話》中的名量詞進行定性分析。但文章對名量詞的分類描寫不夠細緻，同一名量詞稱量不同類別的對象沒有進一步細分。

　　還有對名量詞進行更細緻的專題研究，如專門研究名量詞中的集合量詞、個體量詞。周靜怡（2014）以《金瓶梅》中出現的 27 個集合量詞作為研究對象，梳理每個集合量詞在各個時期的使用情況，探究其起源、因襲繼承及歷時發展變化，並用現代語言學理論和方法分析集合量詞的語義和語法特徵，指出《金瓶梅》中的集合量詞口語色彩濃厚、量詞體系較完備，但還處在發展階段，個別量詞的寫法不規範。文章涉及共時和歷時研究、比較研究，但美中不足的是並未探討集合量詞的數量結構。金桂桃（2002）考察《清平山堂話本》中有時代特色的個體量詞，並比較唐五代及以前的相關資料，研究其中的不同用法。

　　動量詞專題研究中，較典型的有金桂桃的《宋元明清動量詞研究》（2007），文章以宋元明清時期動量詞為研究對象，探討動量詞從宋到清的發展過程，展示動量詞發展的歷史脈絡；同時在微觀研究的基礎上進行宏觀總結，對宋元明清時期動量詞的全貌和特點進行分析和總結，探討每個動量詞及其用法產生的原因，並集中討論了動量詞虛化問題，總結出動量詞發展變化的一般規律，有較強的理論色彩。此外，還有針對動量詞的更細緻地研究，如李存周《〈拍案驚奇〉中的同形動量詞》（2006）、曲建華《〈水滸傳〉中常用動量詞探析》（2011）以及李愛民的《〈金瓶梅詞話〉專用動量詞研究》（2001）。

　　一個時代中的新生量詞可以較為直觀地展現出量詞發展的情況，葉桂郴《明代新生量詞考察》（2008）以 200 多種明代文獻為語料，對比魏晉、唐、宋、元時期的量詞情況，得出明代增加的絕對新量詞〔註2〕大致有 13 個：棵、份、付、捆、批、掛、進、撥、溜、路、籌、胎、淘。文章詳細考釋了這 13 個絕對新量詞，但文中考察的明代文獻中少有明代白話小說，一些量詞如「籌」

〔註2〕文中指出絕對新量詞，即某個詞由別的詞類進入量詞系統，成為量詞；相對新量詞，原來已經是量詞的詞，稱量關係增加新的領域和範圍。

明代用來稱量人，葉文認為只在《水滸傳》中有用例，其實這種用法在明代白話小說中比較普遍，在《喻世明言》和《警世通言》中就分別有「十三籌好漢」和「當時聚起十六籌後生」等用例。

　　數量表示法是考察量詞時必不可少的部分，徐策《明清漢語「名數量」結構研究》（2009）以《水滸全傳》《金瓶梅詞話》《紅樓夢》《兒女英雄傳》四部白話小說為研究語料，窮盡性考察其中的「名數量」結構，歸納出主謂、偏正和同位三種關係類型，著重分析明清漢語「名數量」格式的表義特徵與語用環境，認為「名數量」這種語序形式在明清時期語義內涵多元，語用意義也比現代漢語豐富。文章在大量數據統計的基礎上整理出明清時期用於「名數量」結構的名詞、量詞和數詞體系，總結出「名數量」結構的三種內部關係和六種句法功能，並從歷時和共時兩方面探討「名數量」結構退化的趨向和方式。筆者統計明代白話小說中量詞的「數量名」和「名數量」結構比例約為 5：1，雖然「名數量」結構在明代仍較常見，但相較於「數量名」來說確實顯現出此文所說的退化趨勢。

　　對方言量詞和特殊量詞進行研究的，[註3]如陳福迎（2011）對《型世言》中方言量詞和特殊量詞進行考察，其中方言量詞有代、工、介、扛、主（注）、記、撮，特殊量詞有部、搭、路、名、片、爿、包（子）、蕩（子）、緺／褟（兒），在此基礎上探究量詞「兒」尾、「子」尾的特點，進而管窺明代吳方言量詞的面貌。但由於文章僅以《型世言》為研究對象，未考察其他明代白話小說，故很多結論並非準確，如文中所言「部」用來稱量青蛙的用法不見於其他作品，但明代白話小說集《國色天香》中的《劉生覓蓮記》就有：「恁黃昏簾幕重遮，鼓一部青蛙，送一部青蛙。」此外，文中一些方言量詞如「介」「主（注）」等是否為吳方言特有的量詞還值得考證。

　　有對單個量詞進行分析研究的。金桂桃《唐至清的量詞「件」》（2006）考察量詞「件」從唐宋到民國期間的發展變化，明清時代是量詞「件」使用的鼎盛時期，可以稱量具體事物和抽象事物，「件」在明清時期的主要發展特點有：繼承前代又迅速發展；新產生的用法很多，如計量食品類，計量禮物、行李、信件等具體事物；還有計量親事、榜樣、生意、本事等抽象事物。值得注意的

---

〔註3〕方言量詞帶有地域色彩的量詞，特殊量詞是一些從字面上看很熟悉而意義一時難捉摸的量詞。

是，筆者考察明代白話小說發現量詞「件」還可以加詞綴「兒」「子」，如《金瓶梅》：「問我姊那裏，借的衣裳幾件子首飾。」

還有一些研究量詞的修辭和特殊語法功能的。龐佳（2010）從修辭角度探討《水滸傳》中量詞的表達效果，主要體現在描摹、比擬、誇張、錯綜、對仗。惠紅軍（2008）從語言類型學角度分析《金瓶梅》中的量詞現象，認為其中的名量詞和動量詞都可以在句中充當主語、謂語、賓語、定語、狀語和補語，但名量詞和動量詞充當這六種句法成分的語法等級序列呈現一種大體相反的順序。

通過上述專書、專題研究成果，我們發現學界對明代量詞的研究總體較少，研究成果較為有限。專書研究中涉及的著作有限且集中於某幾本著作，研究成果也不全面；專題研究涵蓋的角度較寬泛，但研究涉及的語料有限，研究也還不夠全面、深入，這一時期量詞的很多特殊用法和特殊現象沒有得到充分的關注和挖掘。故本文以明代白話小說為語料，對明代白話小說中的量詞進行具體、全面的研究，對進一步研究明代量詞、完善漢語量詞發展史都有重要意義。

## 第二節　量詞的正名與分類

漢語量詞是由名詞、動詞等詞類語法化而來，所以量詞與名詞、動詞等的界限較模糊，漢語缺乏形式標記、詞的多功能性等特點也導致漢語量詞正名困難，故學界經過較長時間地爭論才確定了量詞的正名和分類問題。

### 一、量詞的正名

量詞豐富是漢語及漢藏語系的重要特點之一，但量詞定名很晚才實現。量詞正名的曲折過程一方面如前文所說，是量詞的來源決定其本身的複雜性；另一方面，西方語法中無量詞，在西方語法研究的理論、框架的影響下，漢藏語系獨有的量詞未受重視，正名困難。

清末年間馬建忠在《馬氏文通》（2001）中最早提及量詞，認為量詞是「物之公名有別稱以記數者」，是記數的別稱，屬於名詞。此後黎錦熙在《新著國語文法》（1992）中稱量詞為「表數量的名詞」；呂叔湘稱量詞為「單位詞」「副名詞」「量詞」〔註4〕；丁聲樹提出「量詞通常在指示代詞或數詞的後面，名詞的

─────────────

〔註4〕轉引自何傑：《現代漢語量詞研究》，北京：北京語言大學出版社，2008 年，第 3 頁。

前面」〔註5〕，首次將量詞作為一種獨立的詞類進行研究。此前學者們雖注意到量詞，但多將其視為名詞的一種，直到 20 世紀 50 年代後期，張志公等人在《暫擬漢語教學語法系統》（1957）中才正式明確地界定量詞：「表示事物或動作的數量單位的詞是量詞。」60 年代初，朱德熙正式把量詞列入漢語詞類中，並明確定義量詞為：「量詞是能夠放在數詞後邊的黏著詞。」〔註6〕70 年代末，郭紹虞在《漢語語法修辭新探》（1979）中對量詞的名稱做了全面闡述。此後，量詞的定名之爭基本結束，「量詞」這一名稱被普遍接受。

自《馬氏文通》到上世紀 50 年代量詞定名，「語言學界先後提出了 16 種名稱之多」〔註7〕，可見漢語量詞定名的艱難，研究量詞定名這一過程也為後世量詞研究提供重要借鑒。

## 二、量詞的分類

學界對量詞分類問題莫衷一是，成為量詞研究中的一個難點，目前學界對量詞的分類主要有二分法、三分法、多分法。

### （一）將量詞劃分為兩類

最常見的分類把量詞分為名量詞（物量詞）、動量詞。丁聲樹等在《現代漢語語法講話》（1961）中將量詞劃分為名量詞與動量詞；邵敬敏《現代漢語通論》（2001）中指出量詞包括名量與動量詞兩類；太田辰夫《中國語歷史文法》（2003）也將量詞分為名量詞和動量詞。劉世儒《魏晉南北朝量詞研究》（1965）中將量詞分為名量詞和動量詞，名量詞有下分陪伴詞、陪伴・稱量詞、稱量詞三類，動量詞下分專用和借用動量詞兩類，這一分類被廣泛採用。胡裕樹的《現代漢語》（1979）把量詞分成了三組，並把第一組和第二組稱為「物量詞」，第三組稱為「動量詞」，故也是二分。

還有把量詞分為單純量詞、複合量詞兩類。程榮的《量詞及其再分類》（1996）中就把量詞分為單純量詞和複合量詞兩大類。

還有的分度量衡單位和天然單位量詞兩類。王力在《漢語語法史》（2006）中，把量詞分為度量衡單位和天然單位兩類。陳望道先生「把量詞分為兩大

〔註5〕丁聲樹：《現代漢語語法講話》，北京：商務印書館，1961 年，第 5 頁。
〔註6〕朱德熙：《語法講義》，北京：商務印書館，1982 年，第 48 頁。
〔註7〕何傑：《現代漢語量詞研究》，北京：北京語言大學出版社，2008 年，第 7 頁。

類，一種是度量衡量詞規定的計量單位；另一種是形體單位的量詞」。〔註8〕

## （二）將量詞劃分為三類

三類分法最常見的是把量詞分為物量詞、動量詞、複合量詞。張志公在《張志公漢語語法教學論著選》（1982）中就把量詞分為這三大類，又在《現代漢語》中將名量詞細分為六小類。黃伯榮和廖序東在《現代漢語》中採取同樣的三大類劃分方式，並強調「這種複合量詞與數詞組成的數量短語都在名詞後頭作謂語，不作定語」。〔註9〕

還有把量詞分為名量詞、動量詞、形量詞。黎錦熙和劉世儒的《漢語語法教材》（1959）分量詞為名、動、形三類量詞。郭紹虞《漢語語法修辭新探》（1979）也採用了這一分類方式，並進一步細化。

北京大學主編的《現代漢語》（2004）將量詞劃分為：名量詞、動量詞、時量詞三類。

黎錦熙的《新著國語文法》（2006）把量詞分為三類：用一種個體的普通名稱來表示他物的數量、專表數量的名稱、既非物體又非專稱的。

其他三分法。高名凱在《漢語語法論》（1986）將量詞分為「度量衡之單位」「部分詞之運用」「範詞」三大類，但只有名量詞，未包括動量詞；邢福義《現代漢語》（1991）據量詞的音節把量詞分為單音量詞、複音量詞、複合量詞三類；邵敬敏《漢語語法的立體研究》（2000）從量詞與名詞語義雙向選擇的角度將名量詞分為外形特徵型、非外形特徵型好附容處所類量詞三類。

## （三）多分法

趙元任在《中國話的文法》（1979）直接將量詞分為個體量詞（專用類）、臨時量詞、個體量詞（通用類）、標準量詞、集合量詞、準量詞、部分量詞、動量詞、容器量詞九大類；呂叔湘《現代漢語八百詞》（1981）同樣將量詞直接分為九大類：個體量詞、集合量詞、部分量詞、容器量詞、臨時量詞、度量衡量詞、自主量詞、動量詞、複合量詞；朱德熙《語法講義》（1997）分為個體量詞、集合量詞、度量詞、不定量詞、臨時量詞、準量詞、動量詞類。

可見，「對於量詞的分類，學界目前一直沒有一個統一的、公認的分類方

---

〔註8〕陳望道：《陳望道語文論集》，上海：上海教育出版社，1980 年，第 531 頁。
〔註9〕黃伯榮，廖序東：《現代漢語》（下冊），北京：高等教育出版社，2002 年，第 24 頁。

式」。〔註10〕目前學界對量詞按所計量對象的不同分為名量詞和動量詞兩大類的二分法看法較為一致，綜合以上各家學說並根據明代白話小說量詞的特點，本文對明代白話小說中的量詞分類如下：

| 大　類 | 小　類 | 次小類 |
|---|---|---|
| 名量詞 | 個體量詞 | 泛指型量詞 |
| | | 外形特徵型量詞 |
| | | 非外形特徵型量詞 |
| | 集體量詞 | 外形特徵型量詞 |
| | | 非外形特徵型量詞 |
| | 借用量詞 | 容載型量詞 |
| | | 附容處所型量詞 |
| | | 估量型量詞 |
| | 制度量詞 | 度量衡量詞 |
| | | 面積單位量詞 |
| | | 貨幣單位量詞 |
| | | 布帛量詞 |
| 動量詞 | 專用動量詞 | 計數動量詞 |
| | | 整體動量詞 |
| | | 空間動量詞 |
| | | 持續動量詞 |
| | | 伴隨動量詞 |
| | | 短時動量詞 |
| | 借用動量詞 | 器官動量詞 |
| | | 工具動量詞 |
| | | 伴隨動量詞 |
| | | 同形動量詞 |

## 第三節　研究方法與研究材料

選定研究材料、確定研究方法是進行研究的前提工作。

## 一、研究方法

對於明代白話小說量詞的研究，本文主要採取以下三種方法。

---

〔註10〕何傑：《現代漢語量詞研究》，北京：北京語言大學出版社，2008 年，第 11～52 頁。

### （一）描寫與分析相結合

對明代白話小說中的量詞進行詳細描寫，對量詞的最初意義、用法、變化以及不同數量結構的使用狀況、使用頻率進行全面描寫，盡可能展現明代白話小說中量詞使用的全貌；在此基礎上分析其適用範圍、發展變化、語法功能、語法化等，力求對明代白話小說中的量詞進行準確全面的分析。

### （二）定性與定量相結合

首先，對明代白話小說中每類量詞進行量化分析，通過數據展現每一小類量詞的分類情況及使用情況；其次，對這些量詞進行定性分析，並且用定量分析的結果檢驗定性分析的準確性、合理性。

### （三）共時與歷時相結合

展示明代白話小說中量詞使用情況在整個明代的地位，需要從共時層面展現量詞的全貌，做好共時層面的研究；同時也要從歷時層面分析量詞的發展、演變情況，掌握量詞發展、演變的脈絡，從而展示明代白話小說中的量詞在整個量詞系統中的地位。

## 二、研究材料

本文選取明代白話小說作為語料進行研究，一方面可以盡可能地展示明代白話小說量詞全貌，另一方面也可以為明代量詞的斷代研究提供重要數據支撐。小說在明代出現了空前繁榮的局面，這種文學形式充分顯示出它的社會作用和文學價值，在文學史上取得了較高的地位，且小說較好地保留了當時口語的原貌，具有較高的語料價值和研究價值。目前學術界對明代小說的研究多涉及小說主題、小說價值取向和藝術手法等方面，從語言方面研究的較少，考察其中量詞使用情況的更是屈指可數。明代白話小說作品口語性強，一個時代中口語性強的作品是對該時代語言使用情況較為真實的反映，選取明代白話小說作品中的量詞進行研究，可以對明代量詞發展有更深刻的認識，也可進一步展示該時期量詞發展的基本情況。

本書主要以五十五部明代白話小說著作為研究對象，明代前期和中期的白話小說較少，我們將其歸為一個階段，這一階段我們選取《東遊記》《南海觀世音菩薩出身修行傳》《南北兩宋志傳》《三遂平妖傳》《三國演義》《水滸

傳》《西遊記》《封神演義》《英烈傳》《金瓶梅詞話》十部小說進行考察；明代後期白話小說十分豐富，我們選擇《飛劍記》《咒棗記》《喻世明言》《警世通言》《醒世恒言》《初刻拍案驚奇》《二刻拍案驚奇》《型世言》《醋葫蘆》《歡喜冤家》《鼓掌絕塵》《情史》《石點頭》《檮杌閒評》《西湖二集》《禪真逸史》《今古奇觀》《牛郎織女傳》《三教偶拈》《混唐後傳》《國色天香》《東西晉演義》《隋史遺文》《東度記》《韓湘子全傳》《包龍圖判百家公案》《遼海丹忠錄》《杜騙新書》《楊家府通俗演義》《于少保萃忠全傳》《南遊記》《七十二朝人物演義》《隋煬帝豔史》《一片情》《貪欣誤》《八段錦》《弁而釵》《宜香春質》《螢窗清玩》《皇明諸司廉明奇判公案》《燕居筆記》《北遊記》《大宋中興通俗演義》《殘唐五代史演義傳》《五鼠鬧京東》四十五部，我們對這五十五部小說進行考察。這五十五部小說主要以《古本小說集成》（1994，上海古籍出版社）為底本，並參看《古本小說叢刊》（1991，中華書局）、《明代小說輯刊》（1993，巴蜀書社）和《明清言情世情小說》（1998，中國文聯出版社）等小說集。本課題選取明代白話小說作為研究材料，探求明代量詞的使用特點、發展變化規律及時代特徵，為明代量詞的斷代史研究奠定基礎。〔註11〕

　　通過對明代白話小說中量詞的盡可能窮盡性地考察統計，並從語義和語法兩方面、共時和歷時兩層面進行綜合研究，可以對明代小說中量詞的使用情況有一個全面深刻的認識，為明代語言研究提供補充，對完善漢語量詞的發展史也有重要的意義。

---

〔註11〕語料簡介詳參附錄二。

# 第一章　明代個體量詞研究

　　個體量詞是稱量單個人和事物數量的詞，是漢語名量詞系統中的主體部分，也是名量詞中最具特色的部分。明代白話小說中個體量詞共 170 個，我們綜合採用語義標準、語法功能和語法化程度等特點對明代白話小說中的量詞進行分類，並考察每個量詞的發展變化情況以及在明代白話小說中的使用情況。

## 第一節　泛指類個體量詞

　　量詞「個」和「枚」在歷史上的不同時期都曾有極強的適應性，稱量範圍很廣泛，可以和多種事物搭配，成為泛指量詞，而「介」在這一時期用法也較廣泛，我們將其列入泛指類量詞。

### 1. 個

　　「個」有「箇」「個」「个」三種書寫形式，先秦的典籍中一般寫作「介」，《說文・竹部》：「箇，竹枚也。」即竹枚，由此語法化為量詞「箇」；「個」產生於漢代末年。〔註1〕「個」在先秦時代就產生了量詞用法，但量詞「枚」地位更強勢，故「個」的使用頻率很低。〔註2〕魏晉南北朝時「個」稱量的範圍逐漸

---

〔註1〕李建平，張顯成：《泛指性個體量詞「枚／個」的興替及其動因——出土文獻為新材料》，《古漢語研究》2009 年第 4 期。

〔註2〕李建平：《隋唐五代量詞研究》，濟南：山東人民出版社，2016 年，第 11 頁。

擴大，到隋唐五代它「一躍成為漢語中的頭號量詞。」〔註3〕在明代白話小說中其適用範圍仍很廣泛，可以稱量動物、妖魔、人、食物、器物、文字文書、貨幣、時間以及抽象事物，詳述如下。

可以稱量牛、豬、羊、魚、鳥等動物，如：

（1）林二官人便著幾個精壯的過來，把火睛牛抬了，又著一個把兩個小牛兒擔去了，三人遂上馬起身前去。《鼓掌絕塵·第十七回》

（2）陳小橋便相幫下帖，買了個豬、一個羊，弄了許多酒，打點做親。《型世言·第七卷》

（3）漁戶依言，一網打將下去，果然得一個大白魚，數丈之長，頭腦上有刀痕一大條，腦脂流出。《西湖二集·第三十卷》

（4）又見青衣女童抱著一個花鳥，走到席前向外……香風絪縕。《檮杌閒評·第四十六回》

稱量妖精、鬼怪等，如：

（5）二女驚得呆了，不能做聲，被兩個妖怪終夜恣淫，有天無日。《南海觀世音菩薩出身修行傳·第二十一回》

（6）內中一個鬼卒道：「這是玉帝欽犯……倒要自己抵罪。」《醋葫蘆·第十六回》

用於稱量人，如：

（7）小生此去，尋那兩個契友，共圖王霸之業，斷不小就功名。《禪真逸史·第三十三回》

（8）遂先把些銀子討了幾個標緻粉頭，將來賺錢。《西湖二集·第二十卷》

用來稱量食物的，如：

（9）如逢寒食，偷幾個團子奉先生。《西湖二集·第三卷》

（10）陳監生趕上去揭開看時，底下一盒是幾個福壽同幾十個青果，上一盒是鮮花。《檮杌閒評·第十五回》

用來稱量文字，如：

---

〔註3〕王紹新：《量詞「個」在唐代前後的發展》，《語言教學與研究》1989 年第 2 期。

（11）拆視其書，卻無多語，只有四個大字，下注一行小字，卻是：安莫忘危。《混唐後傳‧第二十二回》

（12）那一個家生女兒，今年卻才一十六歲，人物出眾，且是標緻，做得一手針指，識得幾個字眼。《醋葫蘆‧第五回》

用來稱量文書，如：

（13）這總是《獅吼記》的舊話，人人看過，個個曉得，卻把來做一個引子、小子也不十分細道。《醋葫蘆‧第一回》

（14）看這詩，分明是求親文啟，我不免與他一個回帖。《石點頭‧第九回》

（15）在學中動了一個遊學呈子，批一個文書執照，帶在身邊了。《今古奇觀‧第三十三卷》

稱量貨幣，如：

（16）急起挑燈明亮，點照枕邊，已不見了八個大錠。《今古奇觀‧第九卷》

（17）這一錠銀子，只當一個銅錢。《歡喜冤家‧第七回》

稱量酒杯、碟碗等器皿，如：

（18）等到日午，才送出兩盆黃米粥、十數個糙碗來，小菜也沒有。《檮杌閒評‧第四回》

（19）那成珪不道是周智，便把手中一個酒盞撲的掉落地下，開了張口，閉也閉不攏來，回頭見是周智，兩人大笑一場。《醋葫蘆‧第二回》

（20）明日婦人買了一壺酒，妝著四個菜碟，叫小童來答謝，官人也受了。《今古奇觀‧第三十八卷》

稱量地點，如：

（21）只得另造一個佛堂居住，塑了許多佛像。《西湖二集‧第五卷》

（22）次後來到一個所在，卻是三間大堂。《今古奇觀‧第十五卷》

（23）日積月累，遂成一個大園。《今古奇觀‧第八卷》

稱量時間，如：

（24）西廂待月，挨幾個黃昏時節。《國色天香‧尋芳雅集》

（25）卻說成家夫婦，因燒香轉來，怪了勸娶側室的言語，進房鬧了三個更次，成珪受些家法也不可料。《醋葫蘆‧第三回》

（26）丈夫已沒了兩個年頭，服已除了。《歡喜冤家‧第四回》

稱量其他具體事物，如：

（27）你來看，牡丹亭下芍藥中，天然一個臥榻，好不有趣得緊。《歡喜冤家‧第十回》

（28）半信不信，將棺中一看，果然見有一個黃布包袱。《醋葫蘆‧第十七回》

（29）又做起一個纏袋，準備些乾糧。《今古奇觀‧第二十五卷》

還可稱量前程、事情、功名等抽象事物，如：

（30）可憐吳宣教一個好前程，惹著了這一些魔頭。《今古奇觀‧第三十八卷》

（31）在下再說一個奇異古怪的事。《西湖二集‧第二十九卷》

（32）富貴若浮鷗，幾個功名到白頭。《檮杌閒評‧第四回》

（33）員外若肯用情，何不與我一個下落？《醋葫蘆‧第十八回》

量詞「個」還可以用「AA」式重疊表示遍指，還可以用於「一AA」式，如：

（34）若說我姓名，曾在海東奪了遼城，活捉蘇文，收復高麗，國王敕封平遼國公薛仁貴，你蠻夷個個聞名，將軍為何不曉？《混唐後傳‧第三回》

（35）這班婆娘見了，一個個嚇得魂飛魄散。《石點頭‧第十回》

## 2. 枚

《說文‧木部》：「枚，幹也，可為杖。」我國古代用算籌計數，由此語法化為量詞，是較早的通用量詞，最早見於漢朝。[註4] 在南北朝時期「枚」是「適

---

[註4] 李建平，張顯成：《泛指性個體量詞「枚／個」的興替及其動因——以出土文獻為新材料》，《古漢語研究》2009 年第 4 期。

應能力最強的量詞」。〔註5〕唐五代時受到新興專用個體量詞和「個」的影響，「枚」的適用範圍逐漸縮減。〔註6〕在明代白話小說中，許多物品已不再用「枚」稱量，在明代白話小說中「枚」只稱量一些具體事物，地位已遠不及量詞「個」了。

明代白話小說中「枚」可以稱量人，如：

（1）一枚太尉，翻為陰陵失路之人。《水滸傳・第七十八回》

（2）張善相拜罷，袖中取出羊脂白玉美人一枚，雙手上獻。《禪真逸史・第三十五回》

（3）小婿以乏盤費告之，春香竊小姐玉人一枚相贈，云此乃無價之寶，貨之可得千金。《禪真逸史・第三十六回》

還可以用來稱量動物，如：

（4）王夫婦亟啟盒，乃肉繭百枚。《情史・卷十四》

（5）我要蝸牛一枚，爾宜速覓。《情史・卷十九》

（6）待要回來，一個垌膊上架著一枚角鷹。《警世通言・第十九卷》

稱量食物的，如：

（7）以一婦人豈能盜三十枚瓜？《皇明諸司公案・卷三》

（8）卻又不忍這娃子啼哭，怕他飢餓，連忙的咒有一枚棗子，把與那娃子止餓。《咒棗記・第十回》

（9）一枚炊餅見人心，羅袋天書報德深。《三遂平妖傳・第十九回》

稱量珠寶、配飾等，如：

（10）簟鋪八尺白蝦鬚，頭枕一枚紅瑪瑙。《水滸傳・第十六回》

（11）目今打得一枚金簪，做就數件襪子，要送與老母的。《禪真逸史・第七回》

（12）秋鴻忙去整被，枕側忽見白玉魚墜二枚。《歡喜冤家・第十回》

---

〔註5〕劉世儒：《魏晉南北朝量詞研究》，北京：中華書局，1965年，第77頁。

〔註6〕李建平：《隋唐五代量詞研究》，濟南：山東人民出版社，2016年，第13頁。

稱量香囊、手帕，如：

（13）因贈生玉玦半規，紫羅囊一枚。《情史·卷十三》

（14）腦後一對挨獸金環，護項一枚香羅手帕。《水滸傳·第六十一回》

稱量杯盞，如：

（15）後數日，求去，止之不可，留銀盃一枚為別。《情史·卷二十》

（16）孝宗亦賜寶盞數枚。《西湖二集·第二卷》

稱量棋子、指甲等其他事物，如：

（17）便與法善各取棋子幾枚握於手中，問道：「試猜我二人手中棋子各幾枚？」《混唐後傳·第二十二回》

（18）妾再三求懇，他要我頂髮四十九莖，中指甲二枚。《禪真逸史·第二十一回》

（19）正憶忡間，秋蟾在目，且持蠟丸一枚奉生，曰：「鳳姐多致意。」《國色天香·尋芳雅集》

## 3. 介

《說文·八部》：「介，畫也。」本義是疆界義，引申有單獨義，由此語法化為量詞，「介」在上古時期已產生量詞用法，魏晉南北朝時期有所發展，〔註7〕但「介」多含有形容詞「小」義，故學界多將其視為形容詞而非量詞。但在明代白話小說中，「介」的量詞用法明顯，如用「介」來稱量「大手段」，顯然不再是形容詞「小」義，故將其列為泛指類量詞，如：

（1）阿答也常勸渠，一弗肯改，須用本渠一介大手段。《型世言·第二十七卷》

稱量行李、公案等具體事物在明代白話小說中也常見，如：

（2）若是剪徑妖孽，我僧家有何一介行李與他劫掠？《東度記·第四十六回》

（3）打虎不倒被虎咬，我弗打殺，定用送官立介宗案。《型世言·第七卷》

---

〔註7〕劉世儒：《魏晉南北朝量詞研究》，北京：中華書局，1965年，第85頁。

「介」用來稱量人，帶有「小」或「地位低下」的意味，如：

（4）汝一介小民，何得聚眾如此之多。《三教偶拈·皇明大儒王陽明先生出身靖亂錄》

（5）凡有一介之善者便諮嗟稱羨，為之延譽。《東西晉演義·第三十四回》

（6）純陽子從容說道：「小生一介儒流，幸接丰采，此三生有幸。今日小娘子若容侍立妝臺，小生當以心報。」《飛劍記·第五回》

（7）況臣一介武夫，若學術稍優，謀略可取，亦當勉強措置調發。《大宋中興通俗演義·第四十四回》

（8）你一介小人，豈可因你一言，造次舉動得？《二刻拍案驚奇·卷三十二》

## 第二節　外形特徵類個體量詞

外形特徵類個體量詞是據事物的外形特徵對量詞進行分類而形成的類，明代白話小說中的外形特徵類量詞有 68 個，可據外形特點分為點狀、塊狀、片面狀、線狀、團狀、動狀和其他量詞七類，本節對每一類量詞都進行詳細的分析考察。

### 一、點狀量詞

在明代白話小說中稱量點狀之物的量詞主要有「點、滴、顆、粒、丸、珠、星₁、零星」8 個。

#### 1. 點

《說文·黑部》：「點，小黑也。」即細小的黑色斑痕，由此語法化為量詞，稱量點狀之物。量詞「點」南北朝時已見，但只稱量小而圓的事物，［註8］其稱量範圍隨著發展逐漸擴大，產生表少量的用法。明代白話小說中既可以稱量點狀物，又可稱量少量的事物，稱量的對象可以是具體的，也可以是抽象的。

稱量點狀物，如：

（1）你看你這當眉心的這一點黑痣，與我眉心這一點黑痣，可是假借來的？《石點頭·第一回》

---

〔註8〕劉世儒：《魏晉南北朝量詞研究》，北京：中華書局，1965 年，第 118 頁。

（2）數點催花雨，美聲不可聽。《國色天香‧劉生覓蓮記》

（3）梅殘數點雪，麥漲一川雲。《檮杌閒評‧第七回》

用來稱量風聲、塵土等非點狀具體事物，如：

（4）人前切不可露一點風聲。《歡喜冤家‧第三回》

（5）正是一點紅塵飛不到，勝似蓬萊小洞天。《鼓掌絕塵‧第三十三回》

夜晚的燈光、火光也可以用「點」來形容，如：

（6）幾點殘燈，遠遠映回南岸；一聲悲盤，迢迢送出江關。《鼓掌絕塵‧第三十八回》

（7）鄰家都來救火，及至走進錢家，又不見一點火光，人都以為怪。《西湖二集‧第一卷》

用來稱量心意等抽象事物，如：

（8）只因花二娘起了這一點好心，他家香火六神，後來救他一命。《歡喜冤家‧第一回》

（9）豈不知是一片好意，一點孝心。《石點頭‧第二回》

（10）原來王尚書止有這個公子，年方二十，新中了鄉魁，為人十分謙厚，待人和氣，生平律身狷介，全無一點貴介氣習。《檮杌閒評‧第三回》

量詞「點」還可帶詞綴「兒」，如：

（11）我們這差事，魏爺與田爺兩處也用了幾千兩銀子，怎麼送這點兒？《檮杌閒評‧第三十二回》

（12）只道樓兒便是床上，火急做了一班半點兒事。《警世通言‧第三十卷》

量詞「點」還有「AA」式重疊和「一AA」式，如：

（13）採擷之餘，猩紅點點；檢視之際，無限嬌羞。《國色天香‧尋芳雅集》

（14）這一點點花藍兒盛得多少東西？《韓湘子全傳‧第十七回》

## 2. 滴

《說文·水部》:「滴,注也。」本義是液體一點點下落,《玉篇·水部》: 「滴,水滴也。」語法化為量詞,稱量顆粒狀液體。「滴」作量詞魏晉南北朝已 見,但不常見,到隋唐五代常見。〔註9〕明代白話小說中沿襲隋唐時期用法,用 來稱量液體,如:

（1）朱紫滿簷楹,一滴秋波溜殺人。《醋葫蘆·第十四回》

（2）願為一滴楊枝水,灑作人間並蒂蓮。《情史·卷十四》

（3）眾賓客被這一驚,一滴酒也無了,齊道:「這是為何?可 去看來!」《今古奇觀·第十五卷》

量詞「滴」的「AA」式重疊形式在明代白話小說中也可見,如:

（4）又有些梗痛,走去撒尿,點點滴滴的。《初刻拍案驚奇·卷 二十六》

（5）遠觀似土地側邊站立的小鬼,近看一發像破落廟裏雨淋壞 滴滴點點的泥菩薩。《西湖二集·第十五卷》

## 3. 顆

《說文·頁部》:「顆,小頭也。」本義是小頭,有小而圓的語義特徵,由 此語法化為量詞,稱量小而圓的事物,先秦兩漢已見〔註10〕,明代白話小說中 「顆」主要用來稱量珠子、種子、米粒、頭等圓形事物,如:

（1）成珪一見,就是活拾一顆夜明珠似的。《醋葫蘆·第五回》

（2）杜七聖怒發,便從袖中取出一顆葫蘆子,撒在地下,噴上 一口水,那葫蘆便抽藤、開花、結實。《包龍圖判百家公案·第四十 一回》

（3）三日之間並無一顆米下肚,妻子連忙做了些飯擺在桌上。 《七十二朝人物演義·卷二十三》

（4）且記你這顆首級在頭上。《英烈傳·第二十一回》

「顆」還可以用來稱量非圓形的印、玉璽等,如:

（5）丈夫與周智私造了一顆假印,打在子梗上邊,希圖走漏精

---

〔註9〕李建平:《隋唐五代量詞研究》,濟南:山東人民出版社,2016 年,第 30 頁。

〔註10〕李建平:《先秦兩漢量詞研究》,北京:中國社會科學出版社,2017 年,第 45 頁。

水，以是瞞著婦人。《醋葫蘆·第九回》

（6）眾亂爭扶，亡失六顆玉璽，急詔跟尋，無存。《東西晉演
義·第五十二回》

量詞「顆」還有「AA」和「一AA」的形式，如：

（7）心事綿綿欲訴君，洋珠顆顆寄殷勤。《今古奇觀·第三十
八卷》

（8）天天灼灼花盈樹，顆顆株株果壓枝。《西遊記·第五回》

（9）菜根將那一包好珠子，先拿出來，一顆顆看了。《歡喜冤
家·第四回》

### 4. 粒

《說文·米部》：「粒，糕也。」「粒」本義是穀米之粒，後泛指粒狀物，由
此語法化為量詞，稱量小而圓的事物，魏晉南北朝已見。〔註11〕明代白話小說
中「粒」基本沿襲前代用法，可以稱量仙丹、飯食、明珠、泥丸、珍珠等，如：

（1）乃將仙丹一粒，先度了白鶴……頃刻把青鸞引歸。《東度
記·第十六回》

（2）休說酒不飲一滴，便是粥飯也不沾半粒，一味涕泣。《石
點頭·第九回》

（3）千層細浪開還合，萬粒明珠散復收。《歡喜冤家·第七回》

（4）半粒泥丸，假說人間濟遍。《鼓掌絕塵·第十三回》

（5）爾非細骨輕軀，哪得百粒珍珠？《情史·卷五》

量詞「粒」在明代白話小說中有「AA」式重疊形式，如：

（6）夏虎將米發到湖墅，牙人便來迎接，把米樣看了一看，果
然粒粒真珠。《鼓掌絕塵·第十三回》

（7）春時耕種夏時耘，粒粒顆顆費力勤。《今古奇觀·第二十
二卷》

### 5. 丸

《說文·丸部》：「丸，圓，傾側而轉者。」即圓形之物，引申為藥丸，由此

---

〔註11〕劉世儒：《魏晉南北朝量詞研究》，北京：中華書局，1965 年，第 117 頁。

語法化為量詞，稱量小而圓的事物，漢代已見。〔註12〕明代白話小說中「丸」主要用來稱量丸藥和墨。

稱量丸藥，如：

（1）向葫蘆內傾出幾丸紅藥丟在裏面。《檮杌閑評・第十六回》

（2）這孩子恁般愚魯，想是心竅中迷塞之故，須一日吃一丸狀元丸方好。《西湖二集・第四卷》

稱量墨，如：

（3）中夜有女子從地出，稱越王女，與肅狎，別，贈墨一丸。《情史・卷二十》

在明代白話小說中量詞「丸」還有帶詞綴「兒」的形式，如：

（4）把「九轉還魂丹」借得一千丸兒，與我老孫。《西遊記・第三十九回》

### 6. 珠

《說文・玉部》：「珠，蚌之陰精。」是蚌肉裏的瑩潤丸子，引申為小球狀的透明物，語法化為量詞，稱量小而圓的事物。明代白話小說中少見，用來稱量小而圓的玉塊，如：

（1）就打的腦漿迸萬點桃紅，牙齒噴幾珠玉塊。《西遊記・第十四回》

### 7. 星₁

《說文・晶部》：「星，萬物之精，上為列星。」是夜空中發光的小天體，引申為小而明亮的事物，由此語法化為量詞，初見於隋唐五代時期，稱量小而明亮的事物。〔註13〕明代白話小說中「星」用來稱量小或少的事物，如：

（1）一塊兩塊，佛也不怪，一星兩星，佛也不嗔，一碗兩碗，佛也不管。《三教偶拈・濟顛羅漢淨慈寺顯聖記》

（2）小黃碗內幾星麩，半是酸虀半是瓠。《三教偶拈・濟顛羅漢淨慈寺顯聖記》

也可以用來稱量抽象事物，如：

---

〔註12〕李建平：《先秦兩漢量詞研究》，北京：中國社會科學出版社，2017年，第46頁。
〔註13〕李建平：《隋唐五代量詞研究》，濟南：山東人民出版社，2016年，第33頁。

（3）太尉且寬心，休想有半星兒差池。《水滸傳・第七十五回》

8. 零星

「零星」與「星」的用法相似，在明代白話小說中，稱量小或少的事物，多為抽象事物，如：

（1）一零星等事，不敢擅定刑法，惟王上裁。《醋葫蘆・第十六回》

（2）一零星誣陷凌制，大小計五百七十四件。《醋葫蘆・第十六回》

## 二、塊狀量詞

明代白話小說中稱量塊狀之物的個體量詞有「塊、錠、爨」三個。

### 1. 塊

《說文・土部》：「塊，墣也。」本義為土塊，語法化為量詞，最初只稱量土塊，後來稱量範圍擴大，可以稱量一切呈塊狀的物體。量詞「塊」漢代已見，隋唐沿用，到宋代也主要用來稱量塊狀物，到了元代已經可以稱量片狀物，〔註14〕在明代白話小說中，既可以稱量塊狀物外也可以稱量片狀物。

用來稱量石頭、骨頭、土塊等塊狀物，如：

（1）忽然蘇醒過來，只覺得身上寒冷，開眼看時，卻是睡在一塊大石之上。《檮杌閒評・第九回》

（2）令郎相貌甚清，只嫌額角上多了一塊華蓋骨，此為孤相。《禪真逸史・第一回》

（3）你道太歲頭上，動了這一塊土，可是了賬得的？《醋葫蘆・第七回》

（4）所以不死者，亦為君一塊肉在耳，詎意君先棄妾耶！《國色天香・龍會蘭池錄》

稱量金、銀等錢財等，如：

（5）指望要賺一塊大大賞錢，乒乒乓乓直打進寓所來。《鼓掌絕塵・第九回》

---

〔註14〕崔麗：《元代戲曲量詞研究》，山東師範大學碩士學位論文，2019 年。

（6）解開汗巾，拈出錢把一塊銀子，賞與花子。《石點頭・第四回》

（7）原是一塊精銅白鐵的假銀，沒有什麼程色。《西湖二集・第二十卷》

稱量皮、板、紙張等片狀物，如：

（8）公子攜著雲卿的手到書房裏來看時，臉上抓去一塊皮。《檮杌閑評・第四回》

（9）把兩塊板架於木上，走到桌上，一步走上板來，如趨平地。《歡喜冤家・第十回》

（10）劉一仙遂向衫袖裏拾出小小一塊白紙條兒。《鼓掌絕塵・第十二回》

稱量其他抽象事物，如：

（11）說有一個甚麼晚老子，巴得他死了，大大有一塊家私得哩。《醋葫蘆・第十三回》

（12）且說都氏這點靈光，結就一塊怨憤之氣。《醋葫蘆・第十六回》

（13）有一個宦族人家尋將去看一塊風水。《鼓掌絕塵・第七回》

（14）比如他當初不弄得這一塊本錢，我如今那能夠去賺這些利錢？《鼓掌絕塵・第十三回》

在明代白話小說中量詞「塊」有「AA」「一AA」式形式，如：

（15）用手只一抬，銀子塊塊落地，只剩得一個空包。《二刻拍案驚奇・卷二十二》

（16）他親同夫人到廚下，一塊塊都壁得粉碎，架起火來盡皆燒毀，把灰俱拋在井中。《檮杌閑評・第二十回》

## 2. 錠

《說文・金部》：「錠，鐙也。」是盛食物的器皿，作量詞，稱量錠狀的東西，初唐已見。〔註15〕在明代白話小說中用來稱量金、銀、墨等塊狀物品，如：

---

〔註15〕李建平：《隋唐五代量詞研究》，濟南：山東人民出版社，2016年，第41頁。

（1）造次間不及全備，先有白金二錠，聊作聘敬。《醋葫蘆·第十四回》

（2）那僧人走入林子裏，席地坐下，把面揉了一揉，睜開眼看見兩串青蚨、一錠金子在地。《東度記·第十九回》

（3）酒至數巡，楊員外袖中取出五兩一錠雪花銀子，送與公差。《鼓掌絕塵·第三十二回》

（4）每人好紙要四十九張，筆十枝，墨五錠，小硯二個，朱砂三兩。《三遂平妖傳·第十三回》

### 3. 臠

《說文·肉部》：「臠，臞也。」即塊狀的肉，語法化為量詞，用來稱量肉。量詞「臠」適用範圍較為穩定，在先秦產生後一直用來稱量塊狀的肉，[註16]在明代白話小說中沿用，如：

（1）驢遂飲酒數升，啖肉數臠。《情史·卷十六》

（2）一臠肉味不曾嘗，已遣纏頭罄橐裝。《今古奇觀·第三十八卷》

（3）及至後來一旦富貴，食則珍羞羅列，衣則玉帛贏餘，然而父母已喪，不能得享一絲一臠。《石點頭·第三回》

## 三、片面狀量詞

在明代白話小說中，稱量片面狀之物的個體量詞有 8 個：片、面、方、幅、餅、張、爿、頁。

### 1. 片

《說文·片部》：「片，判木也。」本義為動詞義，將木頭劈成薄片，語法化為量詞，稱量薄而扁平的片狀物。魏晉時量詞「片」稱量的對象主要是具體事物，唐五代時稱量對象範圍擴大，可以稱量具體事物和抽象事物。[註17]明代白話小說沿用前代用法。

稱量扁而薄的事物，包括樹葉、紙張、瓦等，如：

---

〔註16〕李建平：《先秦兩漢量詞研究》，北京：中國社會科學出版社，2017 年，第 52 頁。
〔註17〕曹方宇：《隋唐五代量詞研究》，南開大學博士學位論文，2010 年。

（1）又見頭頂上「颼颼」的一聲，剛打一片梧桐葉來。《醋葫蘆・第四回》

（2）恨隔疏櫺一片紙，卻將鸞鳳不成雙。《國色天香・尋芳雅集》

（3）四顧無人，拈一片瓦。《情史・卷九》

稱量扁薄的皮、骨頭、嘴舌等人體部位，如：

（4）自大江以北，淮河以南，地上無根青草，樹上沒一片嫩皮。《石點頭・第二回》

（5）劈開八片頂梁骨，傾下半天冰雪來。《檮杌閑評・第二十三回》

（6）一片嘴、兩片舌，搬弄是非，腹中有劍，笑裏藏刀。《西湖二集・第五卷》

稱量板、鞋等其他物品，在現代漢語中「片」的這種用法已經消失，如：

（7）阿保落水，扳著一片船板，遊至海邊，爬上岸來。《禪真逸史・第十二回》

（8）只見那老丫鬟正拖著兩片蒲鞋，緊一步，緩一步，慢慢的走進牆門去哩。《鼓掌絕塵・第三十四回》

可以用來稱量雲、煙、月亮等，如：

（9）三位星官登時駕了一片祥雲，直向南天門去了。《牛郎織女傳・第九回》

（10）千條火焰徹天紅，一片黑煙隨地滾。《檮杌閑評・第一回》

（11）惟有知情一片月，曾窺飛鳥入昭陽。《情史・卷十四》

還可以用來稱量更為抽象的心意、言語、聲音等，如：

（12）此書中好一片雲情雨意，要汝等跪聽宣讀。《國色天香・尋芳雅集》

（13）看承我兩人，豈不知是一片好意，一點孝心。《石點頭・第二回》

（14）全賴李氏矢心不貳，遂成一片佳話。《情史・卷一》

（15）太宗師總莫理他，這是一片胡言，希圖嫁禍之意。《醋葫蘆‧第十九回》

（16）又聽得一片爆竹之聲，只得勉強起來，沒情沒緒，只得做些飯吃了。《檮杌閒評‧第二回》

「片」還可以稱量連綿不絕而構成一個整體的事物，如：

（17）看看走到一座山腳下，見一片荒蕪地上，都是些屍骸枯骨。《鼓掌絕塵‧第十一回》

（18）夕陽一片桃花影，知是亭亭倩女魂。《情史‧卷十四》

（19）雖然織錦迴文，也只當做半片殘霞。《石點頭‧第八回》

用於「AA」式和「一AA」式中，如：

（20）船中碎板片片而浮，睡的婢僕盡沒於水。《今古奇觀‧第四十卷》

（21）正在歡娛之際，那天真真湊趣，一片片飄將下來。《歡喜冤家‧第十六回》

## 2. 面

《說文‧面部》：「面，顏前也。」即臉面，由此語法化為量詞，主要稱量扁平的事物，魏晉南北朝已見，主要稱量硯、箏等扁平的事物。[註18]在明代白話小說中，其稱量範圍進一步擴大，除了稱量扁平的事物外還可以稱量樂器等。

稱量鏡子、牌子、旗幟、地圖等小而扁平有面的事物，如：

（1）忽手執一面明鏡，把玄宗一照。《混唐後傳‧第二十六回》

（2）這日孔良宗往冥府殿前一看，見一面金字紙牌。《歡喜冤家‧第十七回》

（3）又令黃瓊女從右門攻入，砍倒二面黃旗，使虎無耳，則不能聽，其陣必亂矣。《東遊記‧第四十回》

（4）特一面畫營地圖，星夜使人將圖呈稟劉裕去訖。《東西晉演義‧第三二八回》

---

〔註18〕劉世儒：《魏晉南北朝量詞研究》，北京：中華書局，1965 年，第 167 頁。

（5）將林澹然鬆了綁，取一面鐵葉長枷枷了，押入牢中監禁。
《禪真逸史‧第十一回》

還可以稱量樂器、屏障等，如：

（6）子牙雙手齊放，只見霹靂交加，一聲響亮，火滅煙消，現出一面玉石琵琶來。《封神演義‧第十七回》

（7）那婦人拿一面小鑼「當當」的敲了數下，不知口裏念些甚麼。《檮杌閒評‧第二回》

（8）外象牙香筒一對，玳瑁筆屏一面。《國色天香‧劉生覓蓮記》

### 3. 方

《說文‧方部》：「方，並船也。」即兩船相併，由此語法化為量詞，稱量長方形物體，「方」作量詞魏晉南北朝時已見，[註19] 在明代白話小說中可以稱量匣子、硯臺、肉塊、印章等方狀的東西，如：

（1）只見一個後生，手捧一方拜匣，也隨後走將進來。《鼓掌絕塵‧第四回》

（2）幾卷殘書，一方古硯。《鼓掌絕塵‧第二十八回》

（3）叫供給官，討生牛肉二方。《隋史遺文‧第十五回》

（4）徐鐵筆只得提起刀，颼颼的刻成一方印，與都氏一瞧，十分稱意。《醋葫蘆‧第四回》

還可以稱量綢緞等方形的東西，如：

（5）大紅綾一方，兜了頭臉，不犯缸紗毀。《貪欣誤‧第五回》

（6）等不得天明，那汪涵宇到緞鋪內買了一方蜜色彭緞，一方白光絹，又是些好絹線，用紙包了。《型世言‧第六卷》

### 4. 幅

《說文‧巾部》：「幅，布帛廣也。」指布帛的寬度，語法化為稱量布帛的制度量詞，先秦兩漢已見[註20]；後又指布帛本身，由此作量詞，稱量布帛，

---

〔註19〕劉世儒：《魏晉南北朝量詞研究》，北京：中華書局，1965 年，第 117 頁。
〔註20〕李建平：《先秦兩漢量詞研究》，北京：中國社會科學出版社，2017 年，第 199 頁。

魏晉南北朝初見，明代白話小說中已無制度量詞用法，作個體量詞主要稱量手帕、絲絹、錦囊、包袱、衣衫等，如：

（1）始終一幅香羅帕，成也蕭何敗也蕭何！《今古奇觀・第三十五卷》

（2）長民於是先取白絹一幅，書名畫字，即書之。《東西晉演義・第三三六回》

（3）見魔禮青來趕，掛下雙錘，取出一幅錦囊。《封神演義・第四十一回》

（4）只見客人包著一幅包袱，靠著門牆微微鼻息，似非熟寢。《東度記・第九十五回》

（5）一領大袖沉香綿布，六幅褶子道衣。《英烈傳・第十八回》

明代白話小說中，「幅」更多用來稱量書、畫等，「這就只在取其平面作用，『幅』的本義從此就不顯了」。〔註21〕如：

（6）原來畫成兩幅好畫：一幅畫群龍在雲霧中。《禪真逸史・第三十九回》

（7）半幅御羅題錦字，隔牆裏贈玉搔頭。《情史・卷九》

（8）那席篷旁邊，遺下一幅黃紙。《石點頭・第十一回》

此外，明代白話小書中，還可以加詞綴「兒」，僅見於《鼓掌絕塵》，如：

（9）待老夫慢慢用些細巧工夫，想像畫一幅兒便了。《鼓掌絕塵・第二十二回》

（10）只見那侍婢把那幅兒背將轉來，卻被安童認得。《鼓掌絕塵・第二十三回》

## 5. 餅

《爾雅・釋器》：「餅金謂之鈑。」即金餅，古代將金銀做成餅狀以流通，語法化作量詞，多稱量黃金，漢代已見。在明代白話小說中這種用法沿用，但並不多見，如：

（1）一日忽於鋤下見黃金數十餅，乃說道：「無勞而獲，身之

---

〔註21〕劉世儒：《魏晉南北朝量詞研究》，北京：中華書局，1965 年，第 77 頁。

災也。」《飛劍記・第二卷》

### 6. 張

《說文・弓部》:「張，施弓弦也。」即拉緊弓弦，引申有拉開弓弦義，語法化為量詞，稱量可張開或展開的事物。「張」作為量詞，漢代已見，到北宋，量詞「張」稱量的對象擴大，既可以稱量拉張開的事物，也可以稱量鋪張開的事物。〔註22〕明代進一步語法化，可以稱量臉、牙床，還可以稱量「口」，與此前明顯不同，但都源於「張開」義。

稱量可以拉張開的弓弩，如:

（1）近來得幾張好弓，可以百發百中。《隋史遺文・第四十七回》

在明代白話小說中，更常見的是稱量椅子、琴等可以鋪張開的事物，如:

（2）一邊說，忙去扯一張椅，放在上邊。《歡喜冤家・第五回》

（3）錦囊內貯一張七絃琴，玉軫金徽。《鼓掌絕塵・第三十三回》

還可以稱量牌票、訴狀等，如:

（4）成華先進，覆了院君，只當消了一張牌票。《醋葫蘆・第十二回》

（5）預先央了一個訟師，寫了一張訴狀放在身邊。《歡喜冤家・第三回》

在明代白話小說中，還可以稱量臉，如:

（6）李二動了心火，大膽跑過去要摟，早被二娘一閃，倒往外邊跑了出來，一張臉紅漲了大怒。《歡喜冤家・第一回》

（7）劉刺史便紅了張臉道:「豈有幾個月中……害我老爺在這裡措置賠他。」《隋史遺文・第三十回》

明代「張」作個體量詞還常用於稱量「口」，如:

（8）三寸舌為誅命劍，一張口是葬身坑。《水滸傳・第二十一回》

---

〔註22〕董瀟:《北宋筆記量詞研究》，山東師範大學碩士論文，2018年。

（9）堪笑偽儒無用處，一張利口快如風。《三教偶拈‧王陽明
先生出身靖亂錄》

## 7. 爿

《說文》未收，《段注說文》：「反片為爿。」本義為木片，語法化為量詞，泛指成片、成塊的東西，稱量板斧、衣服等，相當於「片」，是明代新興量詞，如：

（1）說他是下水滸的黑旋風，腰下又不見兩爿板斧。《鼓掌絕塵‧第八回》

（2）一領緇衣，拖三尺翩翩大袖；半爿僧帽，露幾分禿禿光頭。《鼓掌絕塵‧第十四回》

（3）將一個半爿梳子，三梳兩挽，挽成三寸長。《石點頭‧第六回》

（4）這花芳見阮大窮，勞氏在家，有一餐，沒一餐；披一爿，掛一片。《型世言‧第三十三卷》

還可稱量商店、工廠等，如：

（5）便將五十兩小錁銀子，扶持我們在這裡開這一爿酒店過活。《鼓掌絕塵‧第二十六回》

（6）只見那裏有四五爿飯店，中間一家門首。《鼓掌絕塵‧第七回》

（7）在門前開小小的一爿雜貨店鋪，往來交易，陳大郎和小勇兩人管理。《初刻拍案驚奇‧卷八》

## 8. 頁

朱駿聲《說文通訓定聲‧謙部》：「葉，按小兒所書寫每一笘謂之一葉，字亦可以葉謂之，俗用頁。」量詞「頁」與「葉」有關，而與小頭義的「頁」無關，現代漢語常見的稱量書頁的量詞「頁」是明代產生的，如：

（1）道士從從容容身邊取出一個小囊來，囊中有書數頁。《貪欣誤‧第二回》

（2）言某事在某書某卷第幾頁第幾行，以中否勝負為飲茶先後。《情史‧卷十三》

（３）婆子取余紙五張裁破，每張裁做二十餘頁。《三隧平妖傳·第十三回》

（４）你看這冊兒第一頁便是變錢法，第二頁便是變米法。《三隧平妖傳·第二十回》

從量詞的發展史來看，此前早已可以用量詞「葉」稱量書頁，明代亦可見，如《三寶太監西洋記》第十八回：「即時取了一葉兒紙，又寫了兩個字，叫聲樂舞生來。」量詞「葉」的原有用法仍沿用，如《韓湘子全傳》第十九回：「尋上南，尋落北，不見一葉扁舟。」明代以後兩個字形日趨分工，量詞「頁」專用於書頁。

## 四、線狀量詞

在明代白話小說中，用來稱量線狀之物的個體量詞主要有條、絲、道（到）、帶、管、根、枝、支、莖、竿、線、炷、股、杆、挺，共15個。

### 1. 條

《說文·木部》：「條，小枝也。」即細長的枝條，語法化為量詞，稱量條狀物。量詞「條」最早見於戰國時期的《包山楚簡》中，兩漢時期進一步發展，可以稱量抽象事物，到魏晉南北朝時稱量範圍更廣泛。〔註23〕明代沿用，明代白話小說中「條」的稱量對象也很廣泛。

可用於稱量魚、龍、蜈蚣等細長的動物，此外，還用來稱量牛，如：

（１）魚便與你兩條，你回去不可說我好了些，只說還不能起來哩。《檮杌閒評·第二十三回》

（２）那費生騰身一晃，竟是一條青龍，把身飛上去了。《歡喜冤家·第十六回》

（３）不提防夜宿朝房，一條蜈蚣鑽在史寺丞衣內。《西湖二集·第四卷》

（４）好古怪，怎麼一個像大蟲的東西，突地生出這兩條牛來？《鼓掌絕塵·第十七回》

因為骨頭是條形的，所以有時也可用來稱量人體一部分、性命等，如：

---

〔註23〕李建平：《隋唐五代量詞研究》，濟南：山東人民出版社，2016 年，第 15 頁。

（5）黑洞洞兩條鼻孔，恰便是煤結緊的煙囱。《鼓掌絕塵·第七回》

（6）兩條臂膊，渾如靛墨妝成。《禪真逸史·第三回》

（7）鐵柱樣兩條黑腿，龍鱗般遍體粗皮。《檮杌閒評·第一回》

（8）險些兒誤了你一條性命。《歡喜冤家·第一回》

明代「條」還可以用於稱量人，但多限於稱量「漢子」等，如：

（9）三藏抬頭看時，只見一人，手執鋼叉，腰懸弓箭，自那山坡前轉出，果然是一條好漢。《西遊記·第三十回》

（10）想一想，我吳公佐也是條漢子，暫時落魄。《石點頭·第六回》

稱量樹根、竹子等條形植物，如：

（11）只見正東上一條樹根，拱在土上，根旁有個小孔，只有鼠穴大。《檮杌閒評·第十八回》

（12）門外避藉陞，坡前卻是垃圾，一條竹子橫夾著。《今古奇觀·第六卷》

稱量點心等成條的食物，如：

（13）田氏不答，不期吃了幾條化糕下去。《歡喜冤家·第十一回》

稱量針線、銅鐵、石塊、拐杖、槍、凳子等條形的事物，如：

（14）頭髮蓬鬆緊合眼，插著一條針和線。《鼓掌絕塵·第三十四回》

（15）那次子通源，使一條鐵銅，鋒鋒有聲。《英烈傳·第十二回》

（16）更沒有半堵上牆，一條石塊。《韓湘子全傳·第二十六回》

（17）都氏尋得一條棍子，悄悄背後趕來。《醋葫蘆·第十三回》

（18）單言蘇護，一騎馬，一條槍，直殺入陣來，捉拿崇侯虎。《封神演義·第二回》

（19）重行坐在一條凳上摟了吃酒。《歡喜冤家·第八回》

稱量河流、道路等長條形事物，如：

（20）汴河一條，淮河一條，揚子江一條。《西湖二集·第一卷》

（21）你便依著這條小路走去四五里，就有村落了。《檮杌閒評·第十九回》

稱量口袋、布被、衣物等，如：

（22）拿一條口袋，將來袋起。《歡喜冤家·第一回》

（23）姜家一條布被、田氏一樹荊花。《石點頭·第三回》

（24）身穿白絹衫兒，下面繫一條綠紗裙子。《禪真逸史·第十四回》

稱量條形的氣、火焰等，如：

（25）未生之前，有兩條紫氣衝天。《西湖二集·第十五卷》

（26）騎虎的倒豎赤鬚，血盆口吐千條火焰。《禪真逸史·第三十九回》

稱量對象、罪行、計策等更抽象的事物，如：

（27）巧巧的翻至第二層褥子底下，滴溜溜抖出一條對象來，都氏甚是涉疑。《醋葫蘆·第七回》

（28）漢昌邑王登位方二十七日，造罪三千餘條，霍光告太廟而廢之。《東西晉演義·第三十九回》

（29）兩個商量出一條計策來，俟夜靜更深。《今古奇觀·第七卷》

（30）這日心中忽然突出一條鬼話。《醋葫蘆·第十三回》

此外，「條」還可以加詞綴「兒」，也可以用在「一AA」的形式裏，如：

（31）誰教你惹他的，有便與他兩條兒罷。《檮杌閒評·第二十三回》

（32）自此改名為折柳，任教離恨一條條。《情史·卷二十四》

## 2. 絲

《說文·系部》：「絲，蠶所吐也。」即蠶吐的絲，引申為絲線，進一步語法化為量詞，唐代已見，稱量絲線般細小的物體，明代沿用，明代白話小說中

主要稱量細小之物，如：

（1）這馬氏將金郎上下衣褲剝得乾乾淨淨，一縷無存，手執三絲藤條，渾身上下一陣亂打。《牛郎織女傳·第四回》

（2）定了一會，心中明白，只是身上一絲衣服俱無，只得慢慢捱起。《檮杌閒評·第十八回》

（3）又將右手輕輕弄其鼻邊，只覺鼻中有一絲之氣，自內而出。《禪真逸史·第三十七回》

（4）但小生愧無一絲轉贈，如之奈何？《鼓掌絕塵·第四回》

（5）憑你整萬整千，也不差一絲一忽。《石點頭·第十一回》

（6）獨坐紗窗理繡針，一絲一線費芳心。《國色天香·劉生覓蓮記》

「絲」還可以加詞綴「兒」，也可以用在「一AA」的形式裏，如：

（7）老媽媽睡著吃乾臘，內是恁一絲兒一絲兒的，你管他怎的。《金瓶梅·第二十七回》

（8）頗奈這些蝗蟲也不顧是君王所好，一絲絲盡情白吃，竟吃得精空。《七十二朝人物演義·卷二十二》

### 3. 道（到）

《說文·辵部》：「道，所行道也。」即道路，語法化為量詞，主要稱量條形之物，最早見於魏晉南北朝時期。[註24]明代白話小說中，可以稱量走廊、溪水以及眉毛等具體的長條形東西，如：

（1）進忠同卜喜跟他進來，到屏門後，一道斜廊。《檮杌閒評·第二十三回》

（2）向陽兩扇八字牆門，門前一道溪水，甚是僻靜。《初刻拍案驚奇·卷三十四》

（3）面色無光，蹙著兩道眉頭，這般狼狽？《禪真逸史·第四回》

稱量光、煙、氣以及魂魄等抽象的事物，如：

---

[註24] 劉世儒：《魏晉南北朝量詞研究》，北京：中華書局，1965 年，第 129 頁。

（4）一道靈光，從泥丸宮而出，竟往西天進發，已到極樂國土。《醋葫蘆·第十七回》

（5）便挨開腳步，一道煙的走開，不在話下。《醋葫蘆·第六回》

（6）喝了一聲，只見一道白虹漸漸起至中天。《檮杌閒評·第五十回》

（7）話說李鳳娘碎剮了這黃貴妃，一道冤魂不散。《西湖二集·第五卷》

還可以稱量菜品、茶，如：

（8）又上了一道湯，進忠堅意要去。《檮杌閒評·第一十回》

（9）又獻了一道茶，高贊便對先生道：……《今古奇觀·第二十七卷》

明代白話小說中多稱量旨意、詩文、判語、符籙、表章等，如：

（10）我王何不發一道旨意，差禮部掌禮官悉怛喃、支都二人前去那殿上。《南海觀世音菩薩出身修行傳·第一回》

（11）有那些趨炎附勢的做幾道歪詩，刊德政碑，刻功德祠錄。《檮杌閒評·第四十二回》

（12）乃為書牒一道，及製靴帽袍帶，候中夜焚之。《情史·卷十九》

（13）十道判語，齊齊寫出，眾鬼判擊節稱頌。《醋葫蘆·第十六回》

（14）遂又教以兩道符籙，薩君拜而受之，不勝感佩。《咒棗記·第四回》

（15）方待遣人弔唁，忽然又有一道詔書來到。《石點頭·第九回》

在明代白話小說中，字亦作「到」，如：

（16）各有七十二到解數，無不知之。《西遊記·第九十回》

## 4. 帶

《說文·巾部》：「帶，紳也。」引申為量詞，稱量長條狀的事物，是唐代

新興量詞。〔註25〕明代白話小說中主要用稱量山水、林丘，常與數詞「一」組合使用，如：

（1）怪嶺千層峰聳翠，簾前一帶水縈回。《國色天香·尋芳雅集》

（2）過了白虎嶺，忽見一帶林丘。《西遊記·第二十八回》

（3）見一帶草木平平地都滾倒了。《水滸傳·第五回》

還可以稱量橋、長廊等，如：

（4）這哈哈公子游游衍衍，出城十數里，看了幾處花嶼梅莊，過了幾帶斷橋流水。《鼓掌絕塵·第十一回》

（5）從廳後轉西走去，原來是一帶長廊。《喻世明言·卷四十》

（6）只見門面是一帶木柵，柵內有一座假山，四五株古桂，裏面三間小小堂屋。《三遂平妖傳·第一回》

也用來稱量在一定區域裏的東西，如：

（7）在臨清一帶馬頭，迎著客貨而買。《金瓶梅·第八十一回》

（8）左侍下一帶文官，右侍下滿排武將。《水滸傳·第九十八回》

（9）狄去邪望見路旁有一帶人家，心才稍稍放下些。《隋煬帝豔史·第二十一回》

5. 管

《說文·竹部》：「管，如箎，六孔。」是竹製的類似於笛子的樂器，引申為管狀物之義，由此語法化為量詞，稱量筆、樂器等，隋唐五代已見，〔註26〕在明代白話小說中「管」可以稱量筆，如：

（1）純陽子乃取出一管仙筆，磨著一塊仙墨。《飛劍記·第八回》

（2）題殘錦箋五千張，寫禿毛錐三百管。《今古奇觀·第三十五卷》

還可以稱量笛、蕭等樂器，如：

〔註25〕李建平：《隋唐五代量詞研究》，濟南：山東人民出版社，2016 年，第 20 頁。
〔註26〕李建平：《隋唐五代量詞研究》，濟南：山東人民出版社，2016 年，第 27 頁。

（3）便往裏邊衣帶解下一管笛來，拿在手中吹響。《歡喜冤家·第二十三回》

（4）你看他這喉音，就是一管簫。《金瓶梅·第三十五回》

此外，在明代白話小說中還可以稱量鋼叉、槍等武器，如：

（5）那一邊揮寶劍，架一管鋼叉，頓長精神。《三教偶拈·許真君旌陽宮斬蛟傳》

（6）只見營內右哨中張德勝持了一管槍，奮力衝將出來，三將攪做一團。《英烈傳·第二十回》

## 6. 根

《說文·木部》：「根，木株也。」即植物的根部，由此語法化為稱量草木或條狀物的量詞，魏晉南北朝已見，明代白話小說中「根」的稱量對象較廣泛。

稱量草、桑、竹等細長形的植物，如：

（1）挑了數百斤鹽在肩上，只當一根燈草一般。《西湖二集·第一卷》

（2）可令百姓人植桑一百根，柘二千根。《東西晉演義·第三一五回》

（3）折了一根竹子，同應星一樣長。《檮杌閒評·第三十八回》

稱量骨頭、鬍鬚等人體的部分以及動物的毛等，如：

（4）若說半個不字，看你這幾根老骨頭，今日就教你斷送在我手裏！《鼓掌絕塵·第三十四回》

（5）臉上只得幾根光骨頭，嘴上並無一根鬍鬚。《西湖二集·第二十四卷》

（6）大人的仙鶴就有一千對也換不得我這仙鶴身上一根毛。《韓湘子全傳·第十四回》

稱量簽、簡、拄杖、梁等長條形物體，如：

（7）太爺一根簽把三個人一齊拿到，跪在地下。《歡喜冤家·第十三回》

（8）他與羅士信，便當先殺入，一條槍二根簡，殺開血路，便有丈餘。《隋史遺文·第三十九回》

（9）那婆子那裏耐得過，便去床頭摸了一根挂杖。《鼓掌絕塵・第三十四回》

（10）又一群六七個，肩上扛著一根屋樑，一個手裏提著一條綿索。《咒棗記・第十二回》

（11）龍陽討過一根釣竿，黏上香噴噴的魚餌，漾下水去。《石點頭・第十四回》

稱量槍、箭等武器，以及簪子等首飾，如：

（12）真群隨入後洞，取出一根槍，名曰「飛電槍」。《封神演義・第八十回》

（13）聽知有賊守把，矢著一根箭於橋柱，遂下令領回人馬。《大宋中興通俗演義・第二六回》

（14）兩股釵分誠有日，一根簪折整無由。《國色天香・鍾情麗集》

稱量繩線、香等其他長條形物品，如：

（15）遂拿了兩根紅繩子穿好，代他二人各扣在手上。《檮杌閑評・第十三回》

（16）不料風箏吹放上去，只剩了一根紓線捏在手中。《牛郎織女傳・第四回》

（17）買幾根安息香，薰了又薰。《今古奇觀・第七卷》

此外，明代小說中「根」還可以稱量蛇，用法較為特殊，如：

（18）連人帶馬罩住，方現出他原形，乃是一根大蟒蛇。《封神演義・第八十九回》

「根」還可以用在「AA」和「一AA」形式中，如：

（19）兩個判官小鬼即取一絡鬚過來，根根種在周必大嘴上。《西湖二集・第二十四卷》

（20）把五臟六腑都照出來，卻也一根根鬚眉朗然可數。《三遂平妖傳・第九回》

## 7. 枝

《說文・木部》：「枝，木別生條也。」即樹木主幹上分出的細條，語法化

為量詞，是魏晉南北朝時期的新興量詞，最初稱量草木的枝條，在明代白話小說中，其稱量對象較前代更廣泛。

可以稱量樹、花等植物，先秦兩漢已見，明代沿用，如：

（1）封好了，恰好春香送一枝茉莉來。《歡喜冤家・第十七回》

（2）數仞宮牆肩易及，一枝丹桂手難攀。《鼓掌絕塵・第三十五回》

（3）可帶小兒四十九個，各執柳條一枝，陣中但遇妖氣，則令小兒向前打之。《東遊記・第四十二回》

稱量簽、筆、箭、簪子等有杆的物品，如：

（4）差兩個健步，扯一枝簽去縣牢裏，取出了然。《歡喜冤家・第十四回》

（5）一日，走到西廊下，將一枝筆兒寫道：……《歡喜冤家・第十四回》

（6）元帥便將令箭一枝，喚俞通海、俞通源、俞通淵三將向前。《英烈傳・第五十三回》

（7）開箱取了一封銀子，一對金釵，一雙尺頭，一枝金簪。《歡喜冤家・第一回》

稱量其他長條狀物品或依附於枝條上的東西，如：

（8）這十枝蠟燭我又不要，你們要的都將了去。《三遂平妖傳・第三十一回》

（9）取了一枝線香，戰兢兢的點在爐內。《醋葫蘆・第一回》

（10）雀舌未經三月雨，龍芽先占一枝春。《飛劍記・第十二回》

稱量軍隊、人馬等，同「支」，如：

（11）主將既沒，這一枝兵，已就漫散了。《隋史遺文・第三十七回》

（12）我不若求他一枝人馬，護送歸晉，以圖大業。《七十二朝人物演義・卷三十四》

8. 支

《說文・支部》：「支，去竹之枝也。」即竹子分生的細竹枝，語法化為量

詞，首先用於稱量樹木或花草的枝條或帶枝、杆之物，傳世兩漢文獻已見；〔註27〕稱量長條狀物體的用法最早出現於宋代話本中，〔註28〕在明代白話小說中可以稱量竹筍、釵、箭，如：

（1）一雙腳三寸金蓮，兩雙手十支新筍。《歡喜冤家·第十回》

稱量釵、箭等細長物品，如：

（2）說罷，便去女兒頭上取下一支金鳳釵來，遞與郝公。《今古奇觀·第七十八卷》

（3）共計生擒得阿撒等五名，斬首五十二級，鞋盔八十六頂，甲八付，馬二十五匹，腰刀四十口，弓六十張，箭三百支。《遼海丹忠錄·第十七回》

稱量褲襪、蠟燭，如：

（4）其中有一姓錢的驛卒，拾得錦綺襪一支。《混唐後傳·第三十五回》

（5）正疑慮間，那小廝點了一支燭走進房來。《鼓掌絕塵·第十五回》

用來稱量軍隊、人馬，如：

（6）索超親引一支軍馬，出城衝突。《水滸傳·第六十四回》

（7）令劉牢之領十數支軍攻江北岸，桓伊領十數支軍攻江南岸，每人各茅草一束，內藏硫黃焰硝，皆帶火種，草挑於槍刀之上。《東西晉演義·第二六一回》

（8）徐達出帳，吩咐常遇春、湯和二將，先領兵一支，往南門攻他水軍。《英烈傳·第十五回》

還可以稱量船隻，同「隻」，在宋元時期張孝祥的《鵲橋仙·別立之》中已見「水船兒一支」的用法，這種用法應是與量詞「隻」同音而通用，明代白話小說中亦可見，但不常見，如：

（9）文探花便著人去雇座船二支，一支裝夫人、小姐，一支裝

---

〔註27〕李建平：《先秦兩漢量詞研究》，北京：中國社會科學出版社，2017 年，第 74 頁。

〔註28〕崔麗，李建平：《兩宋話本中的量詞及其語法化研究》，《安順學院學報》2017 年第 6 期。

叔侄二人。《鼓掌絕塵·第三十回》

此外，在明代白話小說中還有稱量樂曲的用法，這是明代新興的用法，如：

（10）我們各人，何不自出心思，即景題情，唱一支楊柳詞兒
耍子。《隋煬帝豔史·第十七回》

（11）柳七官人聽罷，取出筆來，也做一支吳歌，題於壁上。
《今古奇觀·第五十一卷》

（12）騷肉兒，我與你兩人如此，也有一支歌兒麼？《歡喜冤
家·第八回》

「支」「枝」為古今字，但劉世儒認為「作為量詞，『支』和『枝』並不同。
『枝』作量詞，詞義較實（同『枝條』義關係密切），『支』則支分派衍，同本
義相去漸遠了」。〔註29〕現代漢語中，「支」「枝」在量詞用法上已有明顯區分，
但在明代白話小說中，兩者混用的現象很常見。如，都可以稱量條形的植物、
物品以及軍隊、人馬等，《漢語大詞典·木部》中「枝」詞條下有「14.量詞。
用於歌曲」，並引《二十年目睹之怪現狀》第四八回：「沈月卿坐在我背後，我
回頭一看……只見他和了琵琶，唱了一枝小曲。」可見，在稱量「歌曲」的用
法上，兩者也有混同現象。

9. 莖

《說文·艸部》：「莖，草木幹也。」植物的莖幹，引申為量詞，稱量細長
之物，漢代文獻已見，隋唐運用範圍擴大，明代白話小說中可以稱量與植物的
主幹相關的事物，如：

（1）冥途業鏡如相照，照出枯腸菜幾莖。《情史·卷十三》

（2）籮內飯無餘粒，盆中菜無半莖，受此奚落，只得忍耐。《石
點頭·第六回》

稱量頭髮、鬍鬚等毛髮以及動物羽毛，如：

（3）不忍自己殘虐，不若削去幾莖白髮，做個雲遊和尚。《醋
葫蘆·第五回》

（4）幾莖黃毛，挽不就青螺模樣。《鼓掌絕塵·第二十三回》

---

〔註29〕劉世儒：《魏晉南北朝量詞研究》，北京：中華書局，1965 年，第 105 頁。

（5）你爹身材不長不短，紫黑面皮，微微裏有幾莖鬍鬚。《石
點頭·第三回》

（6）案上立二古銅瓶，插孔雀尾數莖。《情史·卷九》

還有稱量骨頭的，如：

（7）且跪著，待我慢慢敲斷這幾莖老牛骨。《醋葫蘆·第四回》

## 10. 竿

《說文·竹部》：「竿，竹梃也。」本義是竹子主幹，引申為量詞，稱量長
條狀物體，魏晉南北朝已見，[註30] 在明代白話小說中可以稱量竹子，如：

（1）盆中種四季奇花，窗畔栽千竿異竹。《歡喜冤家·第十四
回》

（2）所居室東邊，有修竹數竿，竹外有亭。《情史·卷十四》

稱量旗杆等，如：

（3）你看前面扯著一竿旗兒，上寫著幾個大字，敢是賣酒處了。
《鼓掌絕塵·第二十一回》

（4）那一邊樹一竿皂纛，領著三千鐵甲兒郎。《七十二朝人物
演義·卷三十六》

（5）能武的穿楊百步，用不著時，幾竿箭煮不熟飯鍋。《今古
奇觀·第九卷》

## 11. 線

《說文·糸部》：「線，縷也。」即麻絲、麻線，語法化為量詞，多與數詞
「一」組合，表細微，數量少。明代白話小說中可以稱量燈光，如：

（1）正是兩難之際，只見門縫裏露出一線燈光來。《醋葫蘆·
第一回》

（2）正在危急，只見遠遠的閃出一線燈光，一娘道：「好了。」
《檮杌閒評·第六回》

用來稱量縫隙、痕跡等線狀的東西，如：

（3）咽喉間有了一線之隙，這點氣回復透出，便不致於死。

---

〔註30〕劉世儒：《魏晉南北朝量詞研究》，北京：中華書局，1965 年，第 189 頁。

《今古奇觀‧第二十六卷》

（4）一線枕痕生玉暈，碧梧枝上鳳求凰。《國色天香‧鍾情麗集》

用來稱量生路、差池等更抽象的東西，如：

（5）乞將軍可憐銜冤孤兒，開天地仁慈之心，賜一線再生之路。《封神演義‧第八回》

（6）這個不必囑咐，若有一線生路，我自然就急急跑了。《隋煬帝豔史‧第二十五回》

（7）我寧節三年，並沒一絲半線差池。《石點頭‧第四回》

## 12. 炷（柱）

《玉篇‧火部》：「炷，燈炷也。」語法化為量詞，隋唐五代使用頻率很高，還可以用來稱量燈，[註31]這種用法明代白話小說中已不見，只一般用來稱量香，如：

（1）未一炷香，早見一個胖大野僧到來。《醋葫蘆‧第十二回》

（2）我今與爾賚一炷香，往其廟而告之。《大宋中興通俗演義‧第六十九回》

「炷」亦書作「柱」，如：

（3）每日清晨早起，只是燒一柱香，念幾聲佛。《咒棗記‧第一回》

（4）那先生就添小一柱香，唱上一個喏。《三教偶拈‧許真君旌陽宮斬蛟傳》

## 13. 股

《說文‧肉部》：「股，髀也。」本義為大腿，引申為事物一部分或者分支，語法化為量詞，可用於稱量條形的物體。「劉世儒只找到一個用例，隋唐五代多見」[註32]，明代沿用。

用於稱量剪子、簪子等條形的東西，如：

（1）便將一股剪刀把髻子就剪。《醋葫蘆‧第五回》

---

〔註31〕李建平：《隋唐五代量詞研究》，濟南：山東人民出版社，2016年，第27頁。
〔註32〕李建平：《隋唐五代量詞研究》，濟南：山東人民出版社，2016年，第28頁。

（2）我已把那股金鳳釵，贈與杜公子了。《鼓掌絕塵·第五回》

（3）王好勇聽見有一股金釵，動了火。《石點頭·第十三回》

用於稱量氣體、煙和液體等，如：

（4）只見風雷大作，一股黑氣從天而降。《三國演義·第二回》

（5）紅焰之中冒出一股惡煙。《西遊記·第七十回》

（6）翠姐姐自知那晚被你放了熱騰騰一股的溺在肚底。《醋葫蘆·第十三回》

（7）只見那東南上一個土穴裏，湧出一股碧波清的水泉來。《鼓掌絕塵·第十一回》

相當於「份」，如：

（8）今夜著他偷取，三股均分了他，沒了銀子，方才上鉤。《歡喜冤家·第三回》

（9）依老漢輩愚見，宜作三股均分，無厚無薄。《今古奇觀·第一卷》

相當於「種」「般」，如：

（10）郭大郎言：「是十八股武藝。」《喻世明言·第十五卷》

## 14. 杆

《玉篇·木部》：「杆，檀木也。」本義為木頭，由此語法化為量詞，稱量有杆的器物，明代白話小說沿用，稱量刀、槍、旗等，如：

（1）頭帶一頂五佛朱冠，手執一杆九環錫杖。《醋葫蘆·第十二回》

（2）萬杆槍攢卻腹肚，兩個一時齊叫肚疼。《今古奇觀·第三十一卷》

（3）懸一囊毒藥弓矢，拿一杆點鋼大叉。《西遊記·第十三回》

（4）見幾個賊人來，掩一掩堡門，放一把火，豎一杆號旗，便了故事。《遼海丹忠錄·第一回》

（5）提一杆斬將三尖刀，跨一匹追風五花馬。《七十二朝人物演義·卷二十七》

## 15. 挺

明代白話小說中其用法同「梃」,《說文‧木部》:「梃,一枚也。」本義為木枚,即植物的莖,語法化為量詞,用來稱量竹子,有仿古傾向,明代少見,如:

> (1)窗外斑竹千挺,於深處壘壁為臺,作亭於上。《燕居筆記‧懷春雅集》

## 五、團狀量詞

在明代白話小說中用來稱量團狀之物的量詞只有「團、朵」兩個。

## 1. 團

《說文‧口部》:「團,圜也。」即圓形,引申為圓球形之物,語法化為量詞,稱量圓形或球形的東西。在明代白話小說中沿襲前代用法,用來稱量血塊、肉脯、肉醬等,如:

> (1)纏拖到會極門外,一團血肉中真挺挺一把骸骨。《檮杌閒評‧第三十一回》

> (2)純陽子自袖中取出一團肉脯,約有桃實般大,令翟公食之。《飛劍記‧第九回》

> (3)到提著兩隻腳,向石塊上只一撲,可憐掌上明珠,撲做一團肉醬。《醒世恒言‧第三十七卷》

用來稱量雪塊、月、花等圓形的東西等,如:

> (4)仔細一看,卻是臘裏積下的一團雪塊。《鼓掌絕塵‧第一回》

> (5)一團月魄筵間燭,幾處風聲戶外簫。《螢窗清玩‧第四卷‧碧玉簫》

> (6)右柵左廂,花一團兮錦一簇。《西湖二集‧第九卷》

還可以稱量白骨、面龐等,如:

> (7)甲即成一團白骨。《東遊記‧第二回》

> (8)一點紅潤潤的櫻桃唇,一團白盈盈的梨花面,越加俊俏,越加精神。《飛劍記‧第五回》

稱量火、氣，如：

（9）氣得他一團熱火，化做半杯雪水，連道詫異。《石點頭·第四回》

（10）因此見了王立的妻子一團黑氣遮著，所以突然吃那一驚不小。《西湖二集·第十三卷》

稱量其他較為抽象的事物，如：

（11）都飆假氣一團，客房中睡下。《醋葫蘆·第十回》

（12）只望他一團孝順，誰知這個獸禽。《醋葫蘆·第十五回》

（13）親自解下小衣，曲盡一團恩愛。《歡喜冤家·第四回》

（14）正說時，恰好張多保走出來，七郎一團高興告訴了適才的說話。《初刻拍案驚奇·卷二十二》

（15）你老叟說的一團道理，只是不當人前嗔怪大官人的朋友。《東度記·第四十五回》

「團」可以加詞綴「兒」，還可以用在「AA」式中，如：

（16）便擠到柵欄內，一團兒蹲在馬夫腳下偷看。《檮杌閒評·第一十回》

（17）颯颯金風穿繡幕，團團明月透珠簾。《國色天香·張于湖傳》

2. 朵

《說文·木部》：「朵，樹木垂朵朵也。」本義是樹木花葉下垂貌，後多指花朵，語法化為量詞，魏晉南北朝已見，〔註33〕明代白話小說中用來稱量花朵以及朵狀物，如：

（1）石下生幾朵奇花，花外繞一派流水，水中飛一對翠羽鳥兒。《醋葫蘆·第十五回》

（2）於是口中念念有詞，棄了馬，架起一朵席雲，騰空而上。《檮杌閒評·第二十八回》

「朵」的「AA」式重疊在明代白話小說中得到使用，如：

---

〔註33〕劉世儒：《魏晉南北朝量詞研究》，北京：中華書局，1965年，第188頁。

（3）朵朵金蓮奪目，襯出雙鉤紅玉。《情史‧卷十四》

（4）淡妝濃襯豈相同，朵朵繡出胭脂紅。《國色天香‧尋芳雅集》

## 六、動狀量詞

動狀量詞是稱量對象的外形特徵是由動作行為造成的，在明代白話小說中動狀個體量詞有：起₁、封、緘、通₁、架、截、握₁、番、陣₁、頓₁、餐₁、搭（答）、牽、出₁、折（摺）、執、場₁、鋪，共18個。

### 1. 起₁

《說文‧走部》：「起，能立也。」本義是起來、起立，引申有產生、發生義，由此語法化為量詞，相當於「批」，在明代進一步語法化為個體量詞，相當於「件」，這是明代新興的個體量詞，明代白話小說中可以稱量事件，如：

（1）因見天色太早，恐酒席未完，弔一起公事來問。《今古奇觀‧第十五卷》

（2）一起活弒夫命事被害夫燕然告？《醋葫蘆‧第十七回》

（3）昨日衙門中，問了一起事，咱這縣中過世陳參政家。《金瓶梅‧第三十四回》

### 2. 封

《字彙‧寸部》：「封，緘也。」即封閉、密封，引申為書信義，語法化為量詞，稱量書信、奏章等，漢代已見，一直沿用。明代白話小說中，可以稱量書信、簡子，如：

（1）下官寫一封簡子去，預先囑託，或者看薄面一二。《今古奇觀‧第六卷》

（2）一封書寄數行啼，莫動哀吟易慘悽。《情史‧卷九》

（3）正當歡樂之際，天子降下一封詔書。《石點頭‧第九回》

在明代白話小說中還用於稱量封緘物，如：

（4）同到房中，打開盒子，乃秋茶二封，小簡一個。《弁而釵‧第二回》

（5）老父、舍弟，福之閩縣，倘華皇過閩，惠存顧問，此又

格外之恩也，而仙又安敢望之？摘須一封，並附照。《弁而釵·第四回》

此外，明代白話小說中還多用於稱量銀錢，此前未見，如：

（6）開箱取了一封銀子，一對金釵，一雙尺頭。《歡喜冤家·第一回》

（7）此封銀子，我侄可收去，以作老漢平日供給之費。《二刻拍案驚奇·卷二十六》

（8）夏虎便掀起一塊地板，果然還有十多封銀子，約有七八百金。《鼓掌絕塵·第十三回》

### 3. 緘

《說文·糸部》：「緘，束篋也。」捆箱的繩子，引申為捆紮、束縛義，發展為給書信封口之義，又引申指書信、信件，由此語法化為量詞，唐代已見，在明代白話小說中用來稱量書信，如：

（1）謾訴哀腸，十首怨題留客邸；可憐骨肉，一緘清淚寄吾家！《情史·卷十四》

（2）我有手書一緘，煩汝送與瓊娘，幸勿沉滯。《國色天香·尋芳雅集》

（3）震出書一緘，遞與關公。《三國演義·第二十六回》

### 4. 通₁

《說文·辵部》：「通，達也。」兩漢時已見稱量書信、書札的量詞用法，劉世儒曾認為：「『通』作為量詞是從『通括』『通徹』義轉來的。」[註34] 魏兆惠則認為量詞「通」是從動詞「通達」義發展而來的。[註35] 明代白話小說中「通」可稱量名帖、文章、告示等，如：

（1）三日到揚州，教管窨札的寫一通家名帖，打轎去見乜儀賓。《弁而釵·第五回》

（2）奉閻羅命，有短章一通，謹奏陛下。《醋葫蘆·第十七回》

---

[註34] 劉世儒：《魏晉南北朝量詞研究》，北京：中華書局，1965 年，第 162～163 頁。
[註35] 魏兆惠：《量詞「通」的歷史發展》，《漢語學報》2008 年第 1 期。

（3）寫下一通告示，張掛衙門前。《石點頭・第八回》

（4）官僚整肅，香案上高供聖旨一通。《檮杌閑評・第二十回》

（5）卻有劉基上一通表章，道：……《英烈傳・第三十一回》

還可以稱量話語，相當於「番」，如：

（6）李岳得了那些銀子回來，向老夫人面前說了一通詭話。《鼓掌絕塵・第二十五回》

（7）見這李岳每常再不交言，如今他這一通好說話。《鼓掌絕塵・第二十八回》

明代白話小說中還可以稱量媒妁、氣力等一些抽象事物等，如：

（8）何不一通媒妁，偕老百年，非良便乎？《國色天香・尋芳雅集》

## 5. 架

《字彙・木部》：「架，棚也。」本義是支撐或擱置物體的用具，由此語法化為量詞，魏晉南北朝已見，在明代白話小說中可以稱量有支架的物體，如：

（1）又有兩個家人，扛著一架食羅。《歡喜冤家・第十二回》

（2）正月十三日，柴嗣昌厚待叔寶，新修的大雄寶殿，縈縛得一架鰲山燈，試燈飲酒，更深方散。《隋史遺文・第十九回》

（3）前創三門十二架，後起法堂五百間？《楊家府通俗演義・第一卷》

也可以稱量橋樑、石床、車等支架不明顯的事物，如：

（4）那裏邊卻無水無波，明明朗朗的一架橋梁。《西遊記・第一回》

（5）這大聖越好行事，鑽入房門，見有一架石床，左右列幾個抹粉搽胭的山精樹鬼。《西遊記・第五十二回》

（6）何稠朝見畢，隨獻上一架小車，四周都是錦繡帷幔。《隋煬帝豔史・第三十一回》

## 6. 截

《說文・戈部》：「截，斷也。」本義是割斷，進而引申為事物的一部分，

由此語法化為量詞，隋唐五代已見〔註36〕，在明代白話小說中用來稱量事物的一部分，如：

> （1）祖買胡氏山一截，重價百金。《皇明諸司廉明奇判公案‧下卷》

> （2）只聽豁剌一聲，手中半截斷劍，飛入雲霄。《石點頭‧第十二回》

> （3）生一室之事的，三綹梳頭，兩截穿衣。《今古奇觀‧第十七卷》

> （4）老身磨了半截舌頭，依倒也依得，只要娘子也依他一件事。
> 《二刻拍案驚奇‧卷二》

### 7. 握₁

《說文‧手部》：「握，搤持也。」由此動詞義語法化為動狀個體量詞，是明代新興量詞，可以稱量如意、扇子等可手握之物，如：

> （1）雲母石帽頂一品，漢玉如意一握。《檮杌閒評‧第三十回》

> （2）遂遣僕馳家問老夫人取雲絹一匹、朝履二雙、川扇四握。
> 《國色天香‧尋芳雅集》

### 8. 番₁

《說文‧釆部》：「獸足謂之番。」本義當為獸足，後作「蹯」。朱駿聲《說文通訓定聲》：「番假借為反。」劉世儒提出：「南北朝就有寫作『反』的……也有『翻』仍寫作『番』的。」〔註37〕因此「番」有翻轉、反覆義，由此語法化為量詞，明代白話小說沿用，稱量話語，如：

> （1）金郎聽了這一番話，方知始末情由，恍如茅塞頓開。《牛郎織女傳‧第八回》

> （2）六老聽了這一番話，眼淚汪汪。《初刻拍案驚奇‧卷十三》

還可以稱量煩惱、面目等更抽象的事物，如：

> （3）但家君見了賭字，不推不肯出狀，兀有一番煩惱。《禪真逸史‧第二十四回》

---

〔註36〕李建平：《隋唐五代量詞研究》，濟南：山東人民出版社，2016年，第72頁。
〔註37〕劉世儒：《魏晉南北朝量詞研究》，北京：中華書局，1965年，第161頁。

（4）銀匠是小輩，眼孔極淺，見了許多銀子，別是一番面目。
《今古奇觀・第七卷》

（5）同做些好事，不枉一番勝事。《歡喜冤家・第六回》

9. 陣₁

《玉篇・阜部》：「陣，師旅也。」即軍隊行列，語法化為量詞，稱量持續一段時間的動作狀態，在明代白話小說中可以稱量天空起風雨、落磚瓦以及殘兵敗甲等狀態，如：

（1）幾陣香風，頻送下幾番紅雨；一陣啼鳥，還間著一點流鶯。
《鼓掌絕塵・第二十三回》

（2）這一陣磚瓦土石，分明下了一天冰雹。《石點頭・第八回》

（3）忽然一陣黑煙上來，人都閉了眼站開。《檮杌閒評・第十六回》

（4）誰想韃子到不曾遇見，卻逢著一陣敗殘的官兵。《今古奇觀・第七卷》

明代白話小說中「陣」還有「AA」和「一AA」的形式，如：

（5）一毫不變，香氣陣陣襲人。《西湖二集・第五卷》

（6）一陣陣直打那鼻子盡頭處，一直鑽將出來。《醋葫蘆・第五回》

10. 頓₁

《說文・頁部》：「頓，下首也。」其本義是以頭叩地，由此引申而有停止、止宿之義，再引申為止宿時的館舍和所需之物，由此語法化為量詞，用於稱量飯食，〔註38〕明代沿用，如：

（1）豈不替魚鱉做了一頓飽食？《醋葫蘆・第八回》

（2）既如此，只選定一日，備辦一頓素齋小食，好與眾師兄弟會面。《石點頭・第三回》

明代「頓」還可以稱量指責、棍棒的責打，如：

---

〔註38〕李建平：《也談動量詞「頓」產生的時代及其語源——兼與王毅力先生商榷》，《語言研究》2013 年第 1 期。

　　（3）將我摟住，被我變起臉來，一頓搶白，抵死不從。《禪真逸
史·第七回》

　　（4）權且寄著一頓棒。《水滸傳·第一百三回》

「頓」還有「AA」式，「AA」式後還可以跟詞綴「兒」，如：

　　（5）說這肉羹好吃，頓頓要這碗下飯。《隋史遺文·第六回》

　　（6）頓頓兒小米飯兒，咱家也盡挨的過。《金瓶梅·第五十七回》

### 11. 餐₁

《說文·食部》：「餐，吞也。」其本吃義，引申指所吃的飯食，由此語法
化為量詞，稱量飯食的頓數，明代仍沿用，如：

　　（1）那猴精在洞中聞得有人唱那歌聲，正思量拖將進去，怕了
筋、剝了皮，與那猴子、猴孫當一餐點心。《咒棗記·第六回》

　　（2）三餐茶飯，你自調停，不可等候。《歡喜冤家·第三回》

　　（3）明日供養一餐小食。《檮杌閒評·第十九回》

　　（4）純陽子與了一餐酒飯，又與了數十文青錢、數斗白米。《飛
劍記·第二回》

　　（5）吃了一餐午飯，算還店賬，悶悶的出東門，趕回山東。《隋
史遺文·第十回》

### 12. 搭（答）

《集韻·合韻》：「搭，擊也。」本是擊打之義，引申有披、掛義，由此語法
化為量詞相當於「處」「塊」，魏晉南北朝已見，明代白話小說中可以用來稱量
土地、人家、地點等，如：

　　（1）因他也是個窮秀才，廟官好意揀這搭乾淨地與他，豈知賈
長壽見這帶地好，叫興兒趕他開去。《初刻拍案驚奇·卷三十五》

　　（2）你看那一搭人家住得幽雅。《歡喜冤家·第十六回》

　　（3）須臾作為一搭清水，李勉方才放心。《今古奇觀·第十六
卷》

　　（4）徑到後面菜園中，拿柄鋤兒，鋤開牆角頭一搭地，就把雞
窠做了小孩子的棺木，深深的埋了。《三遂平妖傳·第七回》

還可以加詞綴「兒」，如：

（5）尋一搭兒僻靜山崖，結個茅庵，修焚念佛。《禪真逸史·第十一回》

字或作「答」，如：

（6）巷窄且逶迤，僅可側身而入。地寬能俯仰，盡堪縱目而觀。中央一答廢基，方圓丈許。《七十二朝人物演義·卷九》

## 13. 牽

《說文·牛部》：「牽，引前也。」本義是拉挽，由此語法化為量詞，用於稱量牛羊等可以牽的動物，明代文獻中還可以用來稱量狼和鹿，如《周朝秘史》第十五回：「犬戎將白狼四牽，白鹿四牽，其釁麋獸皮各數十車。」但在明代白話小說中多用來稱量羊，如：

（1）山羊二牽，魯酒二尊。《鼓掌絕塵·第三十回》

（2）薛太監差了家人，送了一壇內酒，一牽羊。《金瓶梅·第三十一回》

（3）兩壇酒，兩牽羊，兩對金絲花。《金瓶梅·第四十九回》

## 14. 出₁

本字為「齣」，《字彙補·齒部》：「齣，傳奇中的一回為一齣。」今多作「出」，特指傳奇中的一個段落，進一步語法化為個體量詞，稱量戲曲中的一個段落或劇目，明代白話小說中用來稱量戲文，是一種新興的用法，如：

（1）其餘戲子，又找了幾齣雜劇。《醋葫蘆·第十回》

（2）成本的不過內中幾齣有趣，倒不若揀幾齣雜劇一演可好？《歡喜冤家·第十四回》

（3）《譚概》評云：「絕好一出醜淨戲文。」《情史·卷一》

（4）你們奉酒，晚間做幾齣燈戲來看。《檮杌閒評·第二回》

## 15. 折（摺）

傳奇劇一般分「出」，也有寫作「折」的，其中可單獨演出的叫折子戲，後亦指歌舞劇的一幕，但在明代用例並不多見，如：

（1）琴童貪看兩折戲不走，直至半本回家，看見門上鎖已沒。

《型世言・第九卷》

（2）恰與玉蓮相仿，把胸中真境敷演在這折戲上。《醒世恒言・第二十卷》

字又寫作「摺」，如：

（3）只坐了沒多大回，聽了一摺戲文，就起來？《金瓶梅・第一回》

## 16. 執

《說文・卒部》：「執，捕罪人也。」本義為逮捕、捉拿，引申而有拿、執義，由此語法化為動狀個體量詞，稱量壺等可持之物，為明代新興量詞，如：

（1）金壺二執，玉杯四對，玉帶一圍。《檮杌閒評・第二十四回》

（2）吏部得伊銀二千兩、金壺二執。《檮杌閒評・第三十二回》

## 17. 場₁

《說文・土部》：「場，祭神道也。」古代祭神的場所，引申為開展活動的場所，由此語法化為動量詞稱量事件，明代白話小說中可以稱量話語、富貴等，如：

（1）總是一場虛話。《封神演義・第九十回》

（2）老夫不料半年前偶患了一場大病，至今尚未痊可，所以不曾踵門拜賀，甚是得罪。《鼓掌絕塵・第二十回》

（3）起造一所道院與你居住，豈不是一場富貴。《韓湘子全傳・第十二回》

（4）做官人他管你，但恨我那短命的，既攢不得銀回來，又惹這一場大禍。《皇明諸司廉明奇判公案・上卷》

## 18. 鋪

《廣雅・釋詁二》：「鋪，陳也。」「鋪」有鋪設、安排之義，由此語法化為量詞，明代白話小說中不常見，如：

（1）金屑組文茵一鋪，沉水香蓮，心碗一面，五色同心大結一盤，鴛鴦萬金錦一匹，琉璃屏風一張，枕前不夜珠一枚，含毛綠毛

狸藉一鋪，通香虎皮檀象一座，龍香握魚二首，獨搖寶蓮一鋪，七出菱花鏡一盒，精金環四指。《豔異編‧卷七》

（2）若銀攬到手，不抬上二十里，便轉雇上路夫去，把好價剋減，只以一分一鋪，轉雇他人抬之。《杜騙新書‧第四類‧詐哄類》

## 七、其他量詞

在明代白話小說中，此類量詞主要有輪、眼、笏、瓣、彎、鉤、規₁、峰、盤、格、痕、葉、圍₁、臺，共 14 個。

### 1. 輪

《說文‧車部》：「有輻曰輪，無輻曰輇。」本義為車輪，唐五代時期語法化為量詞。〔註39〕「輪」作為量詞，一個是由車輪之義引申而來，用於稱量車輛；此外，還可以由車輪之形引申而來，稱量日、月、鏡等圓形物。

明代白話小說中「輪」多用來稱量日、月，如：

（1）一輪明月本團圓，才被雲遮便覺殘。《國色天香‧鍾情麗集》

（2）早上金雞啼罷之時，紅爛爛日光正上，就對著那一輪日頭，吸著些日精。《飛劍記‧第五回》

明代白話小說中有稱量車子的，如：

（3）只見一輪車裝著幾個漢子，小鬼們哨著一聲，那輪車飛湧而去。《咒棗記‧第十三回》

還可以用來稱量碾轂、鏡子等，如：

（4）後人或有見之者，皆為瑞應，又墜下藥白一口，碾轂一輪。《三教偶拈‧許真君旌陽宮斬蛟傳》

（5）這一輪玉鏡，不知照遍了古今多少豪傑。《禪真逸史‧第三十九回》

### 2. 眼

《說文‧目部》：「眼，目也。」其本義是人的眼睛，後引申作量詞，稱量

---

〔註39〕李建平：《隋唐五代量詞研究》，濟南：山東人民出版社，2016 年，第 94 頁。

與之形似的泉眼、井等。在明代白話小說中多用來稱量泉、井、鍋灶等，如：

（1）洞裏有一眼「落胎泉」。《西遊記・第五十三回》

（2）又有九眼琉璃井，可塞其當中一眼。《東遊記・第三十八回》

（3）有兩眼鍋灶，也都是油膩透了。《西遊記・第十三回》

（4）一碟春不老炒冬筍，兩眼春糕，不一時擺在桌上。《金瓶梅・第七十五回》

此外，明代白話小說中「眼」還用於稱量房間，如：

（5）只有兩眼房，空著一眼。《水滸傳・第七十四回》

### 3. 瓣

《說文・瓜部》：「瓣，瓜中實。」本義是瓜子，後來指花瓣，由此語法化為量詞，稱量花瓣、果實，如：

（1）二人正賞玩，忽見細渠中蕩蕩漾漾，飄出幾瓣桃花來。《隋煬帝豔史・第十四回》

（2）一灣暖玉凌波小，兩瓣紅蓮落地輕。《歡喜冤家・第十八回》

（3）和尚俗姓蔡，他母親曾夢一老僧，持青蓮入室，摘一瓣令他吃了，因而有娠。《型世言・第九卷》

（4）紅囊黑子熟西瓜，四瓣黃皮大柿子。《西遊記・第一回》

### 4. 笏

《說文新附・竹部》：「笏，公及士所搢也。」本義是朝臣朝見時所拿的狹長的板子，由此語法化為量詞，稱量鑄造成此形的墨、金銀等事物，如：

（1）出銀一笏曰：「以此相酬。」《情史・卷十九》

（2）廣開十笏，遍置三田。《石點頭・第二回》

（3）我這一笏墨說定要五千錢，就是四千四百九十九文，也是賣不成的。《飛劍記・第六回》

（4）及曉，王寵啟墨視之，乃紫磨金二笏，上各有呂字。《飛劍記・第六回》

### 5. 彎

《玉篇‧弓部》：「彎，引也。」本義是開弓，引申指彎曲、不直的東西，用作量詞稱量眉、目等彎曲的人體器官，如：

(1) 兩彎眉畫遠山青，一對眼明秋水潤。《水滸傳‧第三十回》

(2) 轉秋波如雙彎鳳目，眼角裏送的是嬌滴滴萬種風情。《封神演義‧第四回》

還可以稱量柳、坡等彎曲的事物，如：

(3) 流杯亭外，一彎綠柳似拖煙。《西遊記‧第二十四回》

(4) 只見山凹裏一彎紅草坡，他一頭鑽得進去。《西遊記‧第三十二回》

明代白話小說中稱量月亮、玉等，如：

(5) 粉捏就兩頰桃花，雲結成半彎新月。《石點頭‧第十二回》

(6) 弓掛處一彎缺月，簡搖處兩道飛虹。《隋史遺文‧第五十四回》

此外，字亦寫作「灣」，如：

(7) 一灣暖玉凌波小，兩瓣紅蓮落地輕。《歡喜冤家‧第十八回》

(8) 國卿舉酒向天一看，只見一灣新月斜掛柳梢。《歡喜冤家‧第二十三回》

### 6. 鉤

《說文‧金部》：「鉤，曲也。」本義是鉤子，由此語法化為量詞，稱量形似鉤子的事物，明代白話小說中用來稱量月亮，如：

(1) 水邊燈火漸人行，天外一鉤殘月，帶三星。《情史‧卷二十四》

(2) 一鉤明月半輪秋，三點如星仔細求。《封神演義‧第八十三回》

字亦可作「勾」，如：

(3) 一勾新月破昏，萬點明星光暈。《西遊記‧第十四回》

(4) 歸棒晚載，十里荷香，一勾新月。《貪欣誤‧第三回》

還可以稱量蓑、絲等,「鉤」可指用帶「鉤」的針縫紉編結,此量詞用法疑與這種縫紉方法有關,如:

> (5) 圖王定霸人何在,衰草斜陽一鉤蓑。《檮杌閒評‧第二十八回》

> (6) 兼亂絲一鉤,文竹茶碾子一枚。《燕居筆記‧會真記》

### 7. 規

《玉篇‧夫部》:「規,正圓之器也。」是畫圓用的工具,引申可指日月之形,由此語法化為量詞,稱量圓月,宋元時期已見,明代白話小說中用於稱量圓形或半圓形的玉,如:

> (1) 剖贈半規蒼玉玦,分將百合紫羅囊。《情史‧卷十三》

> (2) 因贈生玉玦半規,紫羅囊一枚。《情史‧卷十三》

### 8. 峰

《說文‧山部》:「峰,山端也。」本義是山頂,引申指像山峰的東西,由此語法化為量詞,明代白話小說中用於稱量山峰,較為少見,如:

> (1) 池左右植垂絲檜二株,綠陰婆娑,靠著一翠柏屏,屏下設石假山二峰,岌然競秀。《燕居筆記‧王生渭塘奇遇記》

### 9. 盤

《說文‧木部》:「盤,承盤也。」本義是一種敞口、扁而淺的器皿,後來泛指形狀或功用如盤之物,由此語法化為個體量詞,用於稱量磨,如:

> (1) 買了兩個驢兒,安了盤磨,一張羅櫃,開起磨房來。《金瓶梅‧第八十六回》

在明代白話小說中還可以稱量髮髻,如:

> (2) 懶龍將剪子輕輕剪下,再去尋著印箱,將來撬開,把一盤髮髻塞在箱內,仍與他關好了。《二刻拍案驚奇‧卷三十九》

### 10. 格

《說文‧木部》:「格,木長貌。」本指樹木的長枝條,後引申為置物的架子,再引申為格子,均為名詞,由此語法化為個體量詞,相當於「項」「件」,如:

（1）院主受了，便把來裱在一格素屏上面。《初刻拍案驚奇·卷二十七》

「格」的量詞用法名詞意味較強，《歡喜冤家》第一回：「蔣青放下，去取一格火肉，拿在手中等元娘吃。」其中的「格」或以為「塊」，亦可理解為借用量詞，即籠扉的一格。字亦可作「槅」，如《金瓶梅》第二十七回：「裏邊攢就的八槅細巧果菜，一槅是糟鵝胗掌。」

### 11. 痕

《說文·疒部》：「痕，胝瘢也。」本義是疤痕，語法化為量詞，稱量痕跡較淺的事物，相當於「道」「條」，如：

（1）鍾離回馬便走，不韋趕來，卻暗取飛刀望後一擲，不韋眼快，把刀忙架，僅傷面上，一痕如線，不韋吃了一驚，回馬便走。《東遊記·第十二回》

（2）毋俟三五全明，已喜一痕浸白，是使閒人蕩子，能關千里相思。《歡喜冤家·第二十三回》

可以用於「一AA」式中，如：

（3）煬帝接杯在手，只見杯上的綠色，與杯裏的紅光，兩兩相映，都化成一痕痕的光彩。《隋煬帝豔史·第十二回》

### 12. 葉

《說文·艸部》：「葉，草木之葉也。」本義是植物葉子，由此語法化為量詞，用來稱量植物，又因為舟船外形與葉子相似，又可以稱量舟船。

明代白話小說中可以稱量浮萍等植物，如：

（1）兩葉浮萍歸大海，人生何處不相逢。《今古奇觀·第六卷》

也可以稱量舟船，如：

（2）尋上南，尋落北，不見一葉扁舟。《韓湘子全傳·第十九回》

（3）一葉扁舟碧水灣，往來人事不相關。《楊家府通俗演義·第二卷》

此外，明代白話小說中還可以稱量書頁、文冊，如：

（4）只見右廊下，也走上一位官長，執著一葉文冊，上堂稟道：

「此人又有不做暗事一節可恕。」《東度記‧第七十七回》

（5）言某事在某書某卷第幾葉第幾行。《情史‧卷十三》

### 13. 圍₁

《說文‧口部》：「圍，守也。」引申有圍繞義，後來又有腰圍義，由此語法化為量詞，相當於「條」「根」，如：

（1）圈金一品服五色計十套、玲瓏白玉帶一圍、光白玉帶一圍、明珠八顆。《隋史遺文‧第十七回》

（2）五色倭緞蟒衣二襲，夔龍脂玉帶一圍。《檮杌閒評‧第三十回》

（3）敕賜羅衣一襲，玉帶一圍，到於楊太尉府中。《醒世恒言‧第十三卷》

### 14. 臺

《說文‧至部》：「臺，觀，四方而高者也。」高而上平的方形建築物，由此語法化為量詞，如：

（1）向罐內又打出一臺葡萄酒來。《金瓶梅‧第七十五回》

（2）太祖命中官將幾一張，放在之淳面前，几上列燭二臺，因說：「朕在⋯⋯為朕加潤色。」《英烈傳‧第七十九回》

## 第三節　非外形特徵類個體量詞

這類量詞的外形並沒有典型的特徵，所以只能根據量詞的語源凸顯特徵，明代白話小說中非外形特徵類個體量詞有 99 個，分為替代型、憑藉型、專指型三大類，本節對非外形特徵的量詞進行分析探討。

## 一、替代型量詞

替代型量詞是以事物的部分名稱代替該事物，在明代白話小說中統計得到 19 個：頭₁、角₁、口₁、尾、柄、端₁、派（泒）、把₁、腳₁、肩、肘、腔、腿、紐、領、軸、碗₁、盞₁、羥。

## 1. 頭₁

《說文・頁部》：「頭，首也。」本義是人體的最上面部分或動物的最前面部分，量詞用法上古已見，稱量範圍十分廣泛，在明代白話小說中可以稱量牛、馬、驢等體型較大的動物，如：

（1）猶疑有伏，先驅牛馬千頭，聲言上禮，實欲塞諸街巷。《東西晉演義・第一〇〇回》

（2）罄家所有，買磨驢七八頭，麥數十斛。《國色天香・尋芳雅集》

（3）漢武帝延和三年，西胡月支國獻猛獸一頭，形如五六十日新生的小狗。《二刻拍案驚奇・卷三》

（4）走不數里，已有三個童子，牽著一頭青牛、兩頭驢來伺候。《檮杌閑評・第三十八回》

此外，明代白話小說中還用來稱量門路、親事等一些抽象的事物，如：

（5）張婆得了賈家這頭門路，就去回覆大尹。《今古奇觀・第二卷》

（6）相公何不與他成就了這頭親事？《今古奇觀・第十八卷》

（7）今日卻造化，得這一頭行貨，必有重賞。《禪真逸史・第十回》

（8）我替妹妹好歹做一頭媒，叫妳穿金戴銀不了。《型世言・第二十一卷》

## 2. 角₁

《玉篇・角部》：「獸頭上骨出外也。」本義是動物的角，用作量詞時可以稱量牛，「牛兩角」是一頭牛，明代這種用法未見。「角」由本義引申指物體邊沿相接處，由此語法化為量詞，用於文書、信件或衣物等有角之物，隋唐五代已見，[註40]明代沿用，稱量文書、信件，相當於「份」「封」，如：

（1）又取新淦優人十餘名，各將約會公文一角，並抄報，卑火牌縫於衣袂之中。《三教偶拈・皇明大儒王陽明先生出身靖亂錄》

---

〔註40〕李建平：《隋唐五代量詞研究》，濟南：山東人民出版社，2016年，第49頁。

（2）少慰訪勞之意，外有書一角，亦令奉與府君。《大宋中興
通俗演義・第十六回》

（3）如今為同官情，只可重賄差官，安頓了他，先回一角文書
去。《隋史遺文・第十三回》

還可以用來稱量衣服，如：

（4）大郎看時，內有羅衫一角，文書一紙，合縫押字半邊。《二
刻拍案驚奇・卷三十》

3. 口₁

《說文・口部》：「口，人所以言食也。」本義指人的口，是人體非常重要
器官，所以由此語法化為量詞，稱量人，先秦已見，在明代白話小說中，量詞
「口」仍然多用於稱量人，還可以加詞綴「子」，如：

（1）張家三口住在船中等著。《歡喜冤家・第二回》

（2）在外搠死玉蘭並你娘二口，兒女三口。《水滸傳・第三十
一回》

（3）那兩口子哭著，也向來思訴道：……《東度記・第五十七
回》

在明代白話小說中，量詞「口」還可以稱量豬、羊等動物，如：

（4）吩咐每豬十口，抽一口送入公衙，恃頑者倍罰。《石點頭・
第八回》

（5）只見眾人忙擺香案，抬出一口豬，一腔羊，當天排列。《今
古奇觀・第十六卷》

（6）丙午二年初，南涼傉檀伐北涼還，獻馬三千四、羊三萬口
於秦。《東西晉演義・第三一五回》

還可以稱量棺材、池、石函、水缸、古井等有口的無生命的器物，如：

（7）廳房、樓房燒做一片白地，三口棺材盡為灰燼。《警世通
言・第二十五卷》

（8）將那尖銳銳的仙筆，濡著香噴噴的仙墨，遂畫著一山於壁，
山下作池三口。《飛劍記・第八回》

（9）真君遂留下修行鍾一口並一石函，謂之曰：「世變時，遷此即為陳跡矣。」《三教偶拈・許真君旌陽宮斬蛟傳》

（10）又令軍士抬過大水缸一口，放於帳前，滿滿肜水。《楊家府通俗演義・第八卷》

（11）正行轎之間，只見路傍一口古井，黑氣衝天而起。《醒世恒言・第十三卷》

除此之外，還可用於稱量有刃口的刀劍，如：

（12）戴一頂披兩片的純陽巾，佩一口現七星的鍾離劍。《鼓掌絕塵・第十三回》

（13）次子金瑤大怒，又縱馬一口刀來與呂光交戰。《東西晉演義・第二六二回》

明代白話小說中，「口」還可以用來稱量牙齒、齋飯、話語等，用法靈活，如：

（14）又可惜生得一口牙齒，齊如蟐蟾，細如魚鱗。《石點頭・第六回》

（15）走了多時，並無處化一口齋飯吃。《三遂平妖傳・第十回》

（16）一落臉腮胡，一口金陵話。《鼓掌絕塵・第三十三回》

（17）卻說成員外，因忍了妻子一口閒氣出門。《醋葫蘆・第四回》

### 4. 尾

《說文・尸部》：「尾，微也。」本義是動物的尾巴，由此語法化為量詞，稱量有尾巴的動物，在明代白話小說中僅用來稱量魚，如：

（1）碧波通小澗，內潛幾尾遊魚。《鼓掌絕塵・第十二回》

（2）忽然一個長老往草屋前過，只見一個老婆子，手提著一尾魚籃，叫聲：……《東度記・第六十三回》

（3）只見水動，雙手去撈，撈出一尾三尺長鯉魚來。《三遂平妖傳・第二十六回》

### 5. 柄

《說文·木部》:「柄,柯也。」本義是斧的把兒,後泛指一切器物的把兒,引申為量詞時稱量有柄之物。在明代白話小說中,「柄」沿襲前代用法,稱量刀、斧、扇子等有柄之物,如:

　　（1）何不再帶青鋒一柄,把那小雜種或是老畜生將來殺了。《醋葫蘆·第二十回》

　　（2）一個人一把刀,或是一柄斧就夠了。《歡喜冤家·第五回》

　　（3）至晚,具雲履一雙、美女一軸、金扇一柄、水晶糖一匣,自取一謎,令梅饋生。《國色天香·劉生覓蓮記》

　　（4）黃天化隨師至桃園中,真君傳二柄鎚。《封神演義·第四十回》

### 6. 端₁

《集韻·桓韻》:「端,始也。」開始處即有「端頭」之義,劉世儒提出:「『端』在南北朝它的用法主要是來量『事』,因為『事』也是有「頭」尾可說的。」〔註41〕引申為量詞時在明代白話小說中多稱量時期、情由等,如:

　　（1）看官只看小子說這幾端,可見功高定數,毫不可強。《初刻拍案驚奇·卷四十》

　　（2）這一端情由,往來寺中無一個不知。《東度記·第三十四回》

此外,還可以稱量白玉,如:

　　（3）不料一日晉獻公遣臣荀息,將良馬一四出在屈產地方的,白玉一端出在垂棘地方的,送與虞公。《七十二朝人物演義·卷三十一》

### 7. 派（汦）

《說文·水部》:「派,別水也。」本義是江河的支流,由此語法化為量詞,用來稱量江河,明代白話小說中沿用,如:

　　（1）最堪誇,汪汪千頃,一派碧波光。《醋葫蘆·第二回》

〔註41〕劉世儒:《魏晉南北朝量詞研究》,北京:中華書局,1965 年,第 109 頁。

（2）石下生幾朵奇花，花外繞一派流水，水中飛一對翠羽鳥兒。
《醋葫蘆·第十五回》

（3）站起身來一望，只見面前一派大江。《檮杌閒評·第九回》

還可以稱量景象、音樂和聲音，相當於「一片」「一陣」，如：

（4）師徒正自閒敘，又見一派黑松大林。《西遊記·第八十回》

（5）正待起身，忽聽門首一派鼓樂喧闐。《鼓掌絕塵·第三十回》

（6）馬守忠方才退下，鑾輿正要擁衛而行，忽又一派哭聲，從宮中湧出。《隋煬帝豔史·第二十六回》

此外，明代白話小說中還可以稱量話語、理論等更抽象的事物，如：

（7）一派醉話，去睡罷。《醋葫蘆·第八回》

（8）元通師兄私議非妄，委實是天地間一派正理。《東度記·第十六回》

字亦作「泒」，如：

（9）絃管謳歌，奏一泒聲清韻美。《金瓶梅·第三十回》

8. 把₁

《說文·手部》：「把，握也。」本是握持之義，語法化為量詞，稱量有把兒的東西，明代白話小說中「把」的適用範圍保持穩定，可以稱量刀、旗、雨蓋、斧頭、鑰匙等有把兒的器物，如：

（1）他目今現有一把利刀。《歡喜冤家·第二回》

（2）左右立著兩個年少標緻的將軍，一個是蕭韶，一個是陳鸚兒，各拿一把小七星皂旗。《初刻拍案驚奇·卷三十一》

（3）只見那兩位佳人合擎著一把雨蓋，緩行幾步，急行幾步。《今古奇觀·第五十二卷》

（4）奪了一把劈柴斧子，努力便把棺木來劈。《醋葫蘆·第十七回》

（5）就取一把鑰匙，開了箱籠，陸續搬你老人家莫笑話。《喻世明言·第一卷》

## 9. 腳₁

《說文‧肉部》:「腳,脛也。」本義是小腿,語法化為量詞,把有四條腿的動物分成四份,每份叫一腳,明代沿用,可以稱量羊肉,如:

(1) 你可回一腳羊肉與我煮了。《水滸傳‧第五十七回》

(2) 一對豚蹄,一腳羊肉,十兩銀子,與官哥兒寄名之禮。《金瓶梅‧第三十九回》

還可以稱量貨物,如:

(3) 那兩腳貨,今夜要出脫與江西客人去了。《警世通言‧第五卷》

## 10. 腿

《玉篇‧肉部》:「腿,脛也。」本義為脛和股的總稱,由此語法化為量詞,稱量肉,是明代新興量詞,如:

(1) 陳大郎便問酒保打了幾角酒,回了一腿羊肉,又擺上些雞魚肉菜之類。《初刻拍案驚奇‧卷八》

(2) 叫嘍囉賞沈全酒二瓶,肉一腿,且去將息。《禪真逸史‧第十四回》

## 11. 肩

《說文‧肉部》:「肩髆,髀也。」即人的肩膀,引申指四足動物前腿的根部,由此語法化為量詞,稱量整塊的動物前腿肉,隋唐五代已見[註42],明代沿用,如:

(1) 每日豕肉一肩,朔望則賜羊一口。《禪真逸史‧第三十八回》

(2) 俺每日取豕肉一肩飼之,遇朔望則賜羊一羥。《禪真逸史‧第三十八回》

## 12. 肘

《說文‧肉部》:「肘,臂節也。」即上下臂相接處可以彎曲的部位,由此語法化為量詞,稱量肘子、蹄子等肉類,如:

---

[註42] 李建平:《隋唐五代量詞研究》,濟南:山東人民出版社,2016年,第64頁。

（1）著個媒人來說，財禮八兩，又家說要成個體面，送了一隻鵝，一肘肉，兩隻雞，兩尾魚，要次日做親。《型世言·第三十三卷》

（2）一錢銀子鮮魚，一肘蹄子。《金瓶梅·第三十四回》

### 13. 腔

《說文新附·肉部》：「腔，內空也。」本義是動物體內空的部分，語法化為量詞，稱量宰殺後的動物，魏晉南北朝已見，用法較穩定，明代白話小說中仍沿用，如：

（1）賞內庫銀八十兩、綵緞八表裏、羊八腔、酒八瓶。《檮杌閒評·第二十四回》

（2）抬出一口豬，一腔羊，當天排列。《今古奇觀·第十六卷》

還可以稱量鮮血，如：

（3）一對人頭落地，兩腔鮮血衝天。《警世通言·第三十八卷》

用來稱量人的苦楚、風韻、偉略、心事等較為抽象的事物，這些事物都包含在人的胸腔中，故用「腔」稱量，如：

（4）一娘一腔苦楚又上心來。《檮杌閒評·第六回》

（5）眉清目秀，五短身材，色嫩顏嬌，一腔豐韻。《東度記·第四十回》

（6）既有一腔偉略，滿腹文章，湊著君上極其賢明，宰相極其清正。《七十二朝人物演義·第三十四章》

（7）九公被散宜生此一句話，買出九公一腔心事。《封神演義·第五十六回》

（8）手拿定晃日迎風傲松枝一腔漁鼓。《韓湘子全傳·第九回》

### 14. 紐

《說文·糸部》：「紐，繫也。」本義是打結，引申指印鼻兒，由此語法化為量詞，稱量「印」。南北朝時已見，明代沿用但較少見，稱量玉璽，如：

（1）魔盡俘其眾，獲皇帝玉璽三紐。《東西晉演義·第一三一回》

## 15. 領

《說文·頁部》:「領,項也。」即脖子,語法化為量詞,稱量帶領的衣物,先秦已見,明代白話小說中沿用,如:

（1）穿一領布衲子,橫繫絲絛。《鼓掌絕塵·第十三回》

（2）冷祝見妻子發怒,只得收點了行李,換上一領簇簇新漿洗的道袍。《醋葫蘆·第十一回》

（3）身上穿一領舊褐子道袍,腳下穿一雙秋子蒲鞋。《歡喜冤家·第十六回》

（4）先人藏甲二十領,屈盧之矛,步光之劍,遣臣貢上,以賀軍吏。《七十二朝人物演義·卷之四》

稱量席子,南北朝時期已見,明代亦可見,如:

（5）李萬便跑到後邊一看,只見一領草薦鋪在地上,廟祝和衣倒在上頭,也沒有被蓋,那裏有恁麼床帳。《韓湘子全傳·第二十一回》

（6）走在王六兒隔壁半間供養佛祖先堂兒內地下,鋪著一領蓆就睡著了。《金瓶梅·第六十一回》

## 16. 軸

《說文·車部》:「軸,持輪也。」本義是穿過車輪的圓杆,引申為字畫下端的圓杆,後也指卷軸的書畫,劉世儒認為:「在南北朝用它作量詞的是『船』和『書』。」〔註43〕進一步發展為量詞,稱量字畫,明代白話小說中沿用,如:

（1）你師徒二人正是一軸畫圖──「漁樵問答」。《封神演義·第六十九回》

（2）這一軸《出師表》,小侄欲問恩叔取去。《今古奇觀·第十三卷》

（3）至晚,具雲履一雙、美女一軸、金扇一柄、水晶糖一匣,自取一謎,令梅饋生。《國色天香·劉生覓蓮記》

---

〔註43〕劉世儒:《魏晉南北朝量詞研究》,北京:中華書局,1965年,第108頁。

明代還可以稱量行頭，如：

（4）天下的這些圓情把持，兩個一夥，弔頂了一軸行頭，雁翅
排於左右，不下二百多人。《隋史遺文・第二十回》

## 17. 碗₁

《說文・皿部》：「盌，小盂也。」俗作「碗」，古時點燈，用盞或碗盛油，加
上燈撚即可使用，故由此用於稱量燈的量詞，宋代已見，明代沿用且常見，如：

（1）兩邊是廊屋，去側首見一碗燈。《喻世明言・卷三十六》

（2）才下得亭子，又有兩個丫環提著兩碗紗燈來接。《今古奇
觀・第二十四回》

（3）你看我那丈人是個做家的人，房裏也不點碗燈。《水滸傳・
第五回》

（4）有兩個古人，騎兩碗獸燈，左手是梓潼帝君，騎白騾燈，
下臨凡世。《隋史遺文・第二十一回》

（5）只見冷冷清清，一碗琉璃燈火，半明不滅。《三隧平妖傳・
第十二回》

## 18. 盞₁

《爾雅》：「鍾小者謂之棧。」本義是淺而小的杯子，與「碗」的語法化演
變相同，用盞盛油點燈，由此稱量燈，如：

（1）你至黃昏時候，睡在坑內，叫你母親於你頭前點一盞燈，
腳頭點一盞燈。《封神演義・第二十四回》

（2）先射滅四十九盞號燈，其陣遂亂。《楊家府通俗演義・第
五卷》

## 19. 羥

《說文・羊部》：「羥，羊名。」語法化為量詞，用來稱量羊，明代罕見，
如：

（1）俺每日取豕肉一肩飼之，遇朔望則賜羊一羥。《禪真逸史・
第三十八回》

## 二、憑藉型量詞

憑藉型量詞是根據動作或事物所憑藉的工具、處所等語法化而來的量詞，依賴於事物、工具、處所等之間的相依性，在明代白話小說中憑藉型量詞共11個：處、所、區、頂、床、帖、紙、腰、家、席、筵。

### 1. 處

《廣雅·釋詁二》：「處，凥也。」本為居住之處引申為處所、地方，語法化為量詞稱量處所，漢代初見，用法穩定，明代白話小說中可稱量具體的地點，如：

> （1）此景誰云都寂寞，濱涯幾處莊芙蓉。《歡喜冤家·第二十三回》

> （2）看了幾處花嶼梅莊，過了幾帶斷橋流水。《鼓掌絕塵·第十一回》

> （3）遂於湖上建造幾處園亭，極其華麗精潔。《西湖二集·第二卷》

還可以稱量抽象的事物，如：

> （4）櫻桃花謝梨花發，腸斷青春兩處愁。《今古奇觀·第二十一卷》

> （5）一種相思兩處愁，兩地相思一樣愁。《國色天香·劉生覓蓮記》

量詞「處」可以加詞綴「兒」，也可以應用於「AA」和「一AA」式重疊，如：

> （6）況且女眾們一處兒拜經念佛。《禪真逸史·第六回》

> （7）百姓流離失所，各散為盜者，處處如是。《大宋中興通俗演義·第三八回》

> （8）一處處紅染胭脂潤，一簇簇芳溶錦繡圖。《檮杌閒評·第二十二回》

### 2. 所

唐玄應《一切經音義》卷二引《三蒼》：「所，處也。」由「處所」義引申為量詞，相當於「處」，明代白話小說中，「所」稱量對象廣泛，可以稱量廟庵、

房子、茅堂等封閉的建築物，如：

（1）怎生訪得一所真誠庵觀便好。《醋葫蘆·第十二回》

（2）揚州又尋一所大房作寓。《石點頭·第二回》

（3）數竿修竹在小橋盡頭，一所茅堂坐百花深處。《禱杌閒評·第四回》

在明代白話小說中，也可以稱量良田、街道、樹林等開放式的範圍較大的處所，如：

（4）僥倖討得一個像樣的，分明是大戶人家置了一所良田美產。《今古奇觀·第七卷》

（5）只見這一所街道，都是些善信之士，聞得呂元主求酒，這一家也與他幾甌，那一家也與他幾碗。《飛劍記·第六回》

（6）兩個下得嶺來，尚有一里多路，見一所林子裏，走出兩個人來。《警世通言·第十四卷》

明代白話小說中，「所」還可以泛指，相當於「處」，也可以稱量較為抽象的事物，如：

（7）及段業稱制，三年之中，地震五十餘所；先王龍興，蒙遜篡弒之行。《東西晉演義·第三四八回》

（8）單表那風流天子，將一座錦繡江山，只為著兩堤楊柳喪盡；把一所金湯社稷，都因那幾隻龍舟看完。《隋煬帝豔史·第一回》

## 3. 區

《說文·匸部》：「區，踦區，臧隱也。」又，《玉篇·匸部》：「區，域也。」由此語法化為稱量區域的量詞，相當於「所、處」，如：

（1）錦城西，一區華屋，天開多少佳趣。《燕居筆記·擁爐嬌紅》

（2）因整理一區，中闢東西二閣，東居正室，而瓊瓊處於西閣。《情史·卷六》

## 4. 頂

《說文·頁部》：「頂，顛也。」本義是頭的最頂部，語法化為量詞，稱量有頂的器物，明代白話小說中可以稱量帽子、頭巾等，如：

（1）頭帶一頂五佛朱冠，手執一杆九環錫杖。《醋葫蘆·第十二回》

（2）廳後走出一個人來，頭上戴著一頂四角方巾。《歡喜冤家·第十六回》

（3）戴一頂披兩片的純陽巾，佩一口現七星的鍾離劍。《鼓掌絕塵·第十三回》

還可以稱量幔帳，如：

（4）上掛著一頂紅羅幔帳。《水滸傳·第二十一回》

（5）隱隱見一頂黃綾帳幔。《西遊記·第五十回》

也用來稱量轎子，如：

（6）抬一頂香藤轎子。《西遊記·第七十六回》

（7）大官人一頂轎子，娶到家去。《金瓶梅·第五回》

還可以稱量燈，僅一例，可能是受燈的傘狀外形的影響，用「頂」稱量，如：

（8）只見顛濟手拿著一頂傘兒燈，引著七八個小兒。《三教偶拈·濟顛羅漢淨慈寺顯聖記》

5. 床₁

《說文·木部》：「床，安身之坐者。」本義是供人睡臥的家具，也可指坐具，安放器物的支架、几案。作量詞的用法魏晉南北朝已見，稱量屏風等器物，相當於「架」「座」，[註44]隋唐五代沿用，在明代白話小說中用來稱量被子、鋪蓋，與現代漢語中用法一致，如：

（1）一床布被，罩於竹榻之中。《歡喜冤家·第十四回》

（2）二位相公，我們開客店的雖有幾床鋪蓋，只好答應來往客商，恐怕不中相公們意的。《鼓掌絕塵·第七回》

6. 帖

《說文·巾部》：「帖，帛書屬也。」指寫在帛書上的書籤，引申指中藥的方劑，語法化為量詞，一般只稱量藥，在明代白話小說中沿用，如：

---

〔註44〕劉世儒：《魏晉南北朝量詞研究》，北京：中華書局，1965 年，第 110 頁。

（1）玉香自袖中出丹一帖授生。《國色天香・天緣奇遇》

（2）魏玄成把紫衣潞綢等件，收拾進房，在鶴軒中簇一帖疏風表汗的藥兒，煎與叔寶吃了，出了一身大汗。《隋史遺文・第九回》

（3）此只好一服十全大補湯服之，他偏然下了一帖表藥，一表即死。《咒棗記・第二回》

### 7. 紙

《說文・糸部》：「紙，絮一笘也。」引申為紙張，語法化為量詞，稱量文書，魏晉南北朝已見，明代白話小說沿用，多用來稱量文書、休書、供狀等，如：

（1）府尹只得行一紙緝捕文書，四處緝訪張彩蓮下落。《西湖二集・第十三卷》

（2）拆開看時，卻是休書一紙。《今古奇觀・第二十三卷》

（3）孟婆婆一一錄完，做下一紙供狀。《醋葫蘆・第十六回》

（4）一紙詔書徵之，即日就道，故讒謗不得行。《混唐後傳・第三十六回》

還用來稱量寫在紙上的「功名」「婚約」等較為抽象的事物，如：

（5）半紙功名百戰身，不堪今日總紅塵。《情史・卷十四》

（6）先請令愛一見，就求朝奉寫一紙婚約，待敝友們都押了花字，一同做個證見。《初刻拍案驚奇・卷十》

### 8. 腰

《玉篇・肉部》：「腰，骻也。」由此語法化為量詞，稱量裙、褲、帶等圍在腰上的東西，魏晉已見，明代白話小說中沿用，如：

（1）穿的衣服，左右是夏天，女人一件千補百衲的苧布衫，一腰苧布裙，苧布褲。《型世言・第十七卷》

（2）張順脫膊了，匾紮起一腰白絹水褌兒。《水滸傳・第九十一回》

### 9. 家

《說文・宀部》：「家，居也。」本義為住所，由此語法化為集合量詞，稱

量家庭中的人,後來進一步語法化為個體量詞,用來稱量店鋪,如:

（1）那長店是個小去處,只有三五家飯店,都下滿了,沒處宿。
《檮杌閒評‧第十五回》

（2）一步步捱到一個市鎮上,還有幾家酒飯店不曾收拾。《禪真逸史‧第九回》

（3）急開門看時,是隔四五家酒店裏火起,慌殺娘的,急走入來收拾。《今古奇觀‧第三十八卷》

10. 席

《說文‧巾部》:「席,籍也。」本義是席子,引申為席位,由此語法化為量詞,稱量筵席。明代白話小說中沿用,還可以用來稱量酒飯、以及宴席上的賓客,如:

（1）果然見兩個婦女,陪伴著一席酒客。《東度記‧第六回》

（2）並治戲酒一席,少伸乞兔之敬。《醋葫蘆‧第十回》

（3）這一席飯,吃得個不歡而罷。《石點頭‧第五回》

稱量言語,相當於「番」,如:

（4）王禕、吳雲這一席話,說得慷慨激烈,聲色俱厲。《西湖二集‧三十一卷》

（5）鄧嬋玉被土行孫一席話說得低頭不語。《封神演義‧第五十六回》

（6）再說王美娘才聽了劉四媽一席話兒,思之有理。《今古奇觀‧第七卷》

11. 筵

《說文‧竹部》:「筵,竹席也。」本義是坐臥時墊底的席子,古人席地而坐,往往有多層席子,最底下的一層為筵,上面的為席,由此語法化為個體量詞,如:

（1）展畫,效乃聲,擊盤聲,拂拭几筵。《歡喜冤家‧第二十回》

（2）襄陽刺史裴習追復原官,各賜御祭一筵。《今古奇觀‧第十八卷》

## 三、專指型量詞

專指型量詞是專用於稱量某一類特定事物的量詞，在明代白話小說中又可細分為部分類、人員類、動植物類、層次類等十三個小類，詳述如下。

### （一）部分類

部分類專指量詞稱量事物的一部分，明代白話小說中部分類量詞共 2 個：節、段₁。

### 1. 節

《說文・竹部》：「節，竹約也。」即竹節，由此語法化為量詞，稱量竹節、木節等，後逐漸稱量較為抽象的事物，在明代白話小說中可以用來稱量身體或其他物體的一部分，如：

（1）卻說祭起花狐貓，一聲響，把馬成龍吃了半節去。《封神演義・第四十回》

（2）不知若沒有森甫贈銀一節，要圖他地也煩難哩。《三刻拍案驚奇・第十一回》

也稱量較為抽象的事物，如事件、局面以及書的一節故事，如：

（3）此一節事，託在老身，不怕不成。《禪真逸史・第六回》

（4）我如今楚國裏還有……也算得一節誇大的局面。《七十二朝人物演義・卷之一》

（5）只是我朝嘉靖年間，蔡林屋所記《遼陽海神》一節，乃是千真萬真的。《二刻拍案驚奇・卷三十七》

還可用於「AA」和「一AA」式重疊形式中，如：

（6）十指節節墮落，終日終夜號叫，一年而死。《西湖二集・第二十六卷》

（7）銅幡杆鑄就千層，一節節披霜溜雨。《檮杌閒評・第四十四回》

### 2. 段₁

朱駿聲《說文通訓定聲・乾部》：「段，假借為斷。」「段」作量詞由「斷」字借用來的，可以稱量斷開的事物，魏晉南北朝已見，還可以稱量布帛、事物

的一段。〔註45〕在明代白話小說中「段」的稱量範圍更為廣泛。

稱量事物的一部分,如檀香、軀體等,如:

(1) 我還有施主捨我十七段檀香,要雕佛的。《一片情・第三回》

(2) 方成怒,斬嵩三段,坑其士卒。《東西晉演義・第二七六回》

(3) 驢頭碎裂而死,又將屍首劈做數十段。《西湖二集・第二十六卷》

稱量景象、風流、心機等較為抽象的事物,如:

(4) 分明一段蕭湘景,萬頃煙波足勝遊。《飛劍記・第十回》

(5) 真嬌豔,果娉婷,一段風流畫不成。《歡喜冤家・第四回》

(6) 對面重逢無妙策,費吾一段心機。《國色天香・劉生覓蓮記》

(7) 獨都氏雖然遂了心願,卻又增上一段新愁。《醋葫蘆・第七回》

(8) 眼前一段蹊蹺事,惹得刀兵滾滾來。《封神演義・第二十七回》

也可以用來稱量工夫,如:

(9) 善菩薩,你來,我教你一段工夫。《飛劍記・第五回》

還能用來稱量文字、戲曲的一節,如:

(10) 早動了家下一人之心,另又生出一段文字。《醋葫蘆・第十一回》

(11) 其曲小序三段,本序五段。正聲十八拍,亂聲十拍。《禪真逸史・第三十一回》

## (二)人員類

人員類專指型量詞是專用於稱量人員的量詞,在明代白話小說中統計共得到 7 個:員、位、名、房、輩、籌、眾 $_1$。

---

〔註45〕劉世儒:《魏晉南北朝量詞研究》,北京:中華書局,1965 年,第 123 頁。

## 1. 員

《說文·員部》:「員,物數也。」又指人員的數量,由此語法化為量詞,稱量人員的數額,明代白話小說中沿用,主要用於稱量官員的數量,如:

(1)我如今且說……乃是秦始皇駕下一員宰職。《七十二朝人物演義·卷二十六》

(2)元統元年,舉進士及第,除授湖廣平章,真個是文武全才,元朝第一員臣子。《英烈傳·第二十八回》

明代白話小說中「員」還用於稱量和尚,如:

(3)從空中打下一個彈子,彈子內爆出一員聖僧來。《三遂平妖傳·第十一回》

(4)朝門外有東土大唐欽差一員僧,前往西天雷音寺拜佛求經。《西遊記·第六十八回》

還可以用來稱量頭目等,如:

(5)共一十六員頭目,俱引來拜見六郎。《楊家府通俗演義·第二卷》

(6)拚著性命,抵死上前,殺死胡兒頭領數十員。《鼓掌絕塵·第二十回》

## 2. 位

《說文·人部》:「位,列中廷之左右謂之位。」本義是所立之位,後多指朝廷中群臣的位列,語法化為量詞,稱量人,帶有表敬義味,在現漢中仍有表示尊稱之義,在明代小說中主要用來稱量人,如:

(1)俞慶道:「三位相公可退一步。」《鼓掌絕塵·第十七回》

(2)此位將軍是小將族叔。《禪真逸史·第四十回》

(3)此位乃大令兄,諱襄的便是。《今古奇觀·第十三卷》

還可以稱量神,如:

(4)東海龍王亦自向前答謝,傳令宮中備下筵席,款待三位龍王,須臾完備,四海龍王皆入宮飲宴去了。《東遊記·第五十二回》

(5)怪得夜來夢見一位金色身的羅漢降臨。《醋葫蘆·第十二回》

### 3. 名

《說文·口部》:「名,自命也。」本義為名字,後泛指名稱,由此語法化為量詞,漢代已見,經過魏晉南北朝到兩宋時期的發展,明代白話小說中沿用,用於稱量具備某種身份的人,如:

（1）只留天兵四名押了金童,往天河西而去,兩名看守仙娥押了天孫,往天河東雲錦宮。《牛郎織女傳·第十一回》

（2）早又高中了三十三名進士。《石點頭·第一回》

（3）幸得苗寨主認是同鄉,收留帳下為一名頭目。《禪真逸史·第十四回》

明代以前,量詞「名」多用來稱量身份較尊貴的人,但明代白話小說中量詞「名」還可以用來稱量身份低賤的人,這種用法較為特殊,如:

（4）一日,洛陽縣解一名徒犯來。《鼓掌絕塵·第三十八回》

（5）浙西既有這一名好妓女,可即著人去取來承應歌舞。《西湖二集·第九卷》

此外,還可以靈活運用,如:

（6）三復看閱,柳生春捲子早落孫山之外矣。四百名卷子,取得三十六卷。將三十六卷,又加意細看。《歡喜冤家·第十八回》

其中,「四百名卷子」中「名」並非稱量卷子,而是稱量考生,即四百名考生的卷子。

### 4. 房

《說文·戶部》:「房,室在旁也。」古代指正室兩旁的側房,引申指妻室,由此語法化為個體量詞,明代白話小說中用來稱量妻室,如:

（1）不知怎麼到了壯年以來娶下一房妻室,便有了一個緘束。《醋葫蘆·第一回》

（2）一邊與他二人做生意,一面定兩房孫媳婦。《歡喜冤家·第七回》

（3）南唐韓熙載,後房妓妾數十房,室側建橫窗。《情史·卷十七》

### 5. 輩

《說文·車部》：「輩，若軍發車百輛為一輩。」由車百輛之義語義泛化指同類事物，語法化為個體量詞，漢代已見，在明代白話小說中僅用於稱量人，如：

（1）時方春，見少年十餘輩，皆婦人裝，乘畫船，將謁吳太伯廟。《情史·卷九》

（2）須臾，仙女十數輩皆來，披霞佩露，絕質奇容。《國色天香·尋芳雅集》

### 6. 籌

《說文·竹部》：「籌，壺矢也。」後來可以指籌碼，《玉篇·竹部》：「籌，筭也。」由此語法化為量詞，相當於「個」，一般用於稱量人，是明代新興的量詞，如：

（1）船中已備得有酒肉，各人大碗酒大塊肉吃了一頓，分撥了器械，兩隻船，十三籌好漢，一齊上前進發。《喻世明言·第二十一卷》

（2）當時聚起十六籌後生，準備八副繩索槓棒，隨宋金往土地廟來。果見巨箱八隻，其箱甚重。《警世通言·第二十二卷》

### 7. 眾₁

《說文·㐺部》：「眾，多也。」本義為許多人，語法化為個體量詞，稱量人，有強調數量多的意味，隋唐時期已見，多稱量軍隊、士兵，在明代白話小說中則多稱量僧人，如：

（1）敢問老爺還是打點請幾十眾僧人？《鼓掌絕塵·第四十回》

（2）這十七眾名僧，道行高強，韋臬也十分敬重。《石點頭·第九回》

（3）敝寺有百十眾僧，都是有度牒的。《三遂平妖傳·第三十回》

也可以稱量鬼卒，如：

（4）即呼鬼卒五十餘眾，驅檜等至風雷之獄。《國色天香·張于湖傳》

## （三）動植物類

稱量動植物的量詞，明代白話小說中統計有4個：株、棵（科）、匹₁、騎。

### 1. 株

《說文·木部》：「株，木根也。」即樹根，語法化為量詞，稱量草木，魏晉南北朝時期已見，相當於「棵」。在明代白話小說中「株」用來稱量樹木或竹竿等，如：

（1）一塊石，數株松，遠又淡，近又濃。《醋葫蘆·第五回》

（2）他便把手中所執那把八萬四千斤重的降魔金杵，指著一株桃樹上兩個瓜大的桃子。《醋葫蘆·第五回》

（3）苗龍扯過一株曬衣竹竿，靠在牆上，溜進牆裏，將石門開了。《禪真逸史·第四回》

（4）須得兩株木植安定，上邊鋪一木板，可達我樓。《歡喜冤家·第十回》

### 2. 棵（科）

《說文》未收，《集韻·緩韻》：「梡，斷木也。一曰木名。一曰薪蒸束；或作棵。」後來指植物的莖，由此語法化為量詞，稱量植物，元代已見，明代更常見，如：

（1）把那一個大鄉村弄得樹也沒有一棵，禾也沒有一叢，瓦也沒有一片。《咒棗記·第六回》

（2）他一時屈死，膏液未散，滋長這一棵根苗來。《二刻拍案驚奇·卷二十八》

（3）這裡樓後北窗少幾株大樹遮陰，只有西園上四棵梨樹絕大，可速移來，植於此地。《三遂平妖傳·第十三回》

（4）果然高大可愛，內中有兩棵，一名黃牡丹，一名紅芍藥。《檮杌閒評·第十二回》

又寫作「科」，如：

（5）兩邊雜樹數千科，前後藤纏百餘里。《西遊記·第二十八回》

### 3. 匹₁

「匹」的語源爭議較多，李建平認為：「『匹』甲骨文未見，最早見於西周金文，但從金文字形來看其本義未明。」〔註46〕其稱量馬的量詞用法西周金文中已見，明代白話小說中「匹」用來稱量馬、驢、老虎等動物，如：

（1）只見遠遠一個少年，騎著一匹高頭駿馬，帶了幾個家僮。《鼓掌絕塵·第十一回》

（2）三阮頭領得了二十餘輛車子金銀財物，並四五十匹驢騾頭口。《水滸傳·第二十回》

（3）身上著皂沿緋袍，面如噀血，目似怪星，騎著一匹大蟲，徑入莊來。《三遂平妖傳·第三十二回》

### 4. 騎

《說文·馬部》：「騎，跨馬也。」即騎馬，引申為名詞，指所騎的馬，用作量詞，稱量馬，明代白話小說中這一用法保持穩定，如：

（1）果然好一騎青驄馬！《鼓掌絕塵·第十二回》

（2）只見西路上來了有四五騎馬，來到門前，中間是一個青年秀士。《檮杌閒評·第十九回》

還可以稱量不一定為馬的牲口，如：

（3）苗全提個酒瓶走出大門，剛欲跨下階頭，遠遠望見一騎生口，上坐一個小廝，卻是小主人李承祖。《醒世恒言·第二十七卷》

此外，一人一馬也稱「騎」，如：

（4）帝好以月夜從宮女數千騎遊西苑，作《清夜遊曲》，於馬上奏之。《情史·卷五》

（5）徐達喚令納款民人，進營問了來由，便令十數騎官將，入城撫輯。《英烈傳·第六十五回》

### （四）層次類

稱量重疊之物的量詞，在明代白話小說中主要有「重、層、疊」3個。

---

〔註46〕李建平：《先秦兩漢量詞研究》，北京：中國社會科學出版社，2017年，第137頁。

## 1. 重

《說文・重部》：「重，厚也。」本義為沉重，引申而有重疊義，先秦文獻中已常見。劉世儒先生認為量詞「重」在南北朝時已經發展完善，可以稱量多種事物。〔註47〕明代沿用，在明代白話小說中稱量對象多樣，可以稱量山、湖海等自然景觀，如：

（1）不出門庭三五步，觀盡江山千萬重。《醋葫蘆・第五回》

（2）萬迭關山無畏怯，千重湖海豈沉吟。《鼓掌絕塵・第八回》

稱量牆、金殿、門等人為景觀，如：

（3）我這裡止隔一兩重牆。《禪真逸史・第五回》

（4）幾時得上九重金殿。《金瓶梅・第三十六回》

（5）楚楚著春香把幾重門先自輕輕開了。《歡喜冤家・第十七回》

稱量油紙、封皮等，如：

（6）解開包袱，裏面又有一重油紙封裹著。《今古奇觀・第三卷》

（7）行者近前看了，有幾重封皮。《西遊記・第三十八回》

還可以稱量抽象的苦難、生意等，如：

（8）妻拿無百載之歡，黑暗有千重之苦。《金瓶梅・第五十一回》

（9）賣得多少，每日納還，可不是兩重生意？《今古奇觀・第七卷》

「重」可以用在「AA」式中，如：

（10）起了重重之浪，卷一層，又是一層的。《醋葫蘆・第十四回》

（11）一枕鳳鸞魂杳杳，半窗花月影重重。《國色天香・尋芳雅集》

## 2. 層

《說文・尸部》：「層，重屋也。」段玉裁注：「引申為凡重疊之稱。」由

---

〔註47〕劉世儒：《魏晉南北朝量詞研究》，北京：中華書局，1965 年，第 136 頁。

此語法化為量詞，兩漢時期已見，沿用至今。在明代白話小說中使用頻率也很高，可以用來稱量樓閣、地獄等，如：

（1）一層樓閣，瓦將軍緊鎮東南。《鼓掌絕塵·第十二回》

（2）以至一十八層地獄之鬼，三五十般受刑之魂，皆欲其迴心向佛，以生西方。《醋葫蘆·第十二回》

稱量松林、海浪等，如：

（3）奇花千萬種，松林兩三層。《國色天香·尋芳雅集》

（4）千層細浪開還合，萬粒明珠散復收。《歡喜冤家·第七回》

也可以稱量紙、布帛等，如：

（5）大蜂窠築大炮紙糊百層，間布十層。《西湖二集·第十七卷》

（6）黑夜誰知彼此，我兵只密圍數層，虛聲叫喊，任他自相殘殺，這又是以逸待勞。《英烈傳·第三回》

還可以稱量覆蓋在物體表面東西的層數，如：

（7）又去一層土泥，有一卷草席。《歡喜冤家·第二回》

（8）修合筒口餅兩邊取渠，一道用藥線拴之，下火藥一層，下餅一個，用送入推緊。《西湖二集·第十七卷》

（9）不曾近著他身子，就弄去了一層皮。《鼓掌絕塵·第十二回》

還可以稱量一些抽象事物，如：

（10）叩以致知力行，是一層工夫，還是兩層工夫。《三教偶拈·皇明大儒王陽明先生出身靖亂錄》

（11）不見時費了一場思想，便見時也只添了一層思想。《今古奇觀·第七卷》

「層」可以用在「AA」和「一AA」式中，如：

（12）迭迭層層，彩結的鰲山十二；來來往往，閒步的珠履三千。《鼓掌絕塵·第三回》

（13）公人一齊打進，一層層打得個透徹。《歡喜冤家·第十一回》

3. 疊

《玉篇·畾部》：「疊，重也，累也。」本義是重疊、累積，由此引申作量詞，南北朝時已見，稱量的對象多為山或建築物，用法與量詞「層」相近。「疊」在明代白話小說多用來稱量崇山峻嶺，常與「層」對應，帶有誇張的意味，如：

（1）我聞廣東一路，千層峻嶺，萬疊高山，路途難行。《喻世明言·第二十卷》

（2）千層凶浪滾，萬疊峻波顛。《封神演義·第八十八回》

稱量紙張等有層次的事物，如：

（3）丫環見詩完，將第一幅花箋折做三疊，從窗隙中塞進。《今古奇觀·第十七卷》

「疊」可以用在「AA」式中，如：

（4）疊疊假山數仞，可藏太史之書。《今古奇觀·第三十九卷》

## （五）書畫、言語類

書畫類量詞在明代白話小說中統計共得到 13 個：卷、本、篇、首、章、句、聯、律、闋、冊、策、曲、回₁。

1. 卷

《說文·卩部》：「卷，厀曲也。」本義是名詞「膝曲」引申為動詞「彎曲」，再引申為將事物彎曲成圓筒形義，即捲曲義，由此語法化為量詞，用來稱量書籍，漢代已見，在明代白話小說中沿用，可以稱量文書，如：

（1）就中只有一卷文字做得好。《今古奇觀·第十七卷》

（2）就將雲母箋一卷，藏入袖裏。《石點頭·第十回》

（3）面前有簿書一卷、朱筆硯一副。《西湖二集·第二十一卷》

（4）老妾曾得先夫傳授幾卷兵書，但不知此陣有否，容妾出陣看之。《楊家府通俗演義·第四卷》

在明代白話小說中可以稱量草席，如：

（5）又去一層土泥，有一卷草席。《歡喜冤家·第二回》

2. 本

《說文·木部》：「本，木下曰本。」即樹根，語法化為量詞，可以稱量樹

木等，後來主要用來稱量書本等，明代白話小說中，不見稱量植物的用法，主要稱量戲本、帳目，如：

（1）將次戲搬半本，成珪忽地裏得了一疾。《醋葫蘆·第七回》

（2）我因兒女艱難，修橋補路，建寺立塔，布施齋僧，有一本帳目，到生女之年，卻好有過三十斤黃金，三十斤為一秤，所以喚作「一秤金」。《咒棗記·第四十七回》

（3）單單只剩得兩本帳簿，銀子都沒有了。《鼓掌絕塵·第三十二回》

### 3. 篇

《說文·竹部》：「篇，書也。」本義是書、簡冊，《玉篇·竹部》：「篇，篇什。」後引申指詩文，由此語法化為量詞，用於稱量文章、樂曲等，明代沿用，用來稱量書籍、詩文，如：

（1）欲為一代經綸手，須讀幾篇緊要書。《七十二朝人物演義·卷三十三》

（2）醉中往往愛逃禪，李白一斗詩百篇。《醋葫蘆·第十六回》

也可以稱量話語，如：

（3）知識有限，學問無窮，汝這一篇話是自滿自足，不務上進的了，如何是好？《韓湘子全傳·第三回》

（4）飛虎被父親一篇言語說得默默無言。《封神演義·第三十三回》

還可以稱量奧理、利害等抽象事物，如：

（5）俱是時俗套禮，如今不知那裏得這一篇奧理來？《醋葫蘆·第十回》

（6）仁基正在疑懼之際，聽他一篇利害，早已為他慫動。《隋史遺文·第四十六回》

「篇」也存在「AA」式，如：

（7）真乃篇篇錦繡，字字珠璣，又不覺動了個愛才之意。《今古奇觀·第十七卷》

4. 首

《廣韻‧有韻》:「首,頭也。」即人的腦袋,位於人身體最頂端,故引申為初始、開端,語法化為量詞,魏晉南北朝已見,用於稱量詩歌。明代白話小說中沿用,可以稱量判語、詩歌等,如:

（1）即撰判語一首,同復玉音,有何不可?《醋葫蘆‧第十六回》

（2）做《花月吟》十餘首,句句中有花有月。《今古奇觀‧第二十六卷》

（3）所以有感作這首詩,然與其聰明反被聰明誤。《西湖二集‧第四卷》

還可以稱量幢幡,相當於「幅」,如:

（4）只見那路頭上有一家大門外豎一首幢幡,內裏有燈燭熒煌香煙馥郁,又有那樂聲響亮。《咒棗記‧第六回》

「首」也存在「AA」式,如:

（5）首首包含壽意,聯聯映帶長春。《鼓掌絕塵‧第五回》

5. 章

《說文‧音部》:「樂竟為一章。」音樂一曲為一章,也指詩、文的段落,語法化為量詞,稱量文章或樂曲,明代沿用,明代白話小說中一般用來稱量詩文、樂曲,如:

（1）一日,同在館中會講,講到哀公問政一章。《石點頭‧第十四回》

（2）小生有小詩一章,相煩致於小姐,即以羅帕奉還。《今古奇觀‧第三十五卷》

（3）適納一胡,琴藝甚精,而色姝麗,知吾子善歌,故奉邀作胡琴一章,以寵其藝。《情史‧卷九》

6. 句

《玉篇‧句部》:「句,止也,言語章句也。」即語句、詩句之義,語法化為量詞,稱量言語,先秦已見,魏晉南北朝、隋唐五代沿用,明代白話小說中主要用來稱量話語,如:

（1）原來王婆這兩句囫圇話，一半不好回覆得成珪的親。《醋葫蘆·第三回》

（2）我們老人家說他幾句，他也不聽，一味烏娘烏爹的亂罵。《禪真逸史·第二十回》

（3）必英一句話也辯不出，道：「只求老爺超生。」《歡喜冤家·第三回》

量詞「句」的「AA」式重疊和「一AA」式重疊得到運用，如：

（4）卿言句句慈航，甚合朕意。《禪真逸史·第九回》

（5）一句句都被進忠聽見，心中焦躁起來。《檮杌閒評·第十七回》

## 7. 聯

《說文·耳部》：「聯，連也。」本義是連續不斷，引申為對聯義，對聯每兩句為一聯，語法化為量詞，在明代白話小說中稱量詩句、對聯，如：

（1）誰語崇神應速禱，從中點破幾聯詩。《鼓掌絕塵·第二十六回》

（2）一聯佳句隨流水，十載幽思滿素懷。《情史·卷十二》

量詞「聯」的「AA」式重疊也存在，如：

（3）首首包含壽意，聯聯映帶長春。《鼓掌絕塵·第五回》

## 8. 律

《說文·彳部》：「律，均布也。」本指音律，後又引申指詩歌的格律，由此語法化為量詞，明代白話小說中用來稱量詩詞，如：

（1）則少年時遇玉仙子賜詩一律。《國色天香·第四十三章》

（2）作詩一律曰：……《歡喜冤家·第十回》

（3）將次天明，鸞親送生出園，有聯句一律。《今古奇觀·第三十五回》

## 9. 闋

《說文·門部》：「闋，事已閉門也。」本義有終止義，後特指音樂終了，由此語法化為量詞，詩詞、曲等可以入樂，樂曲奏過一遍停止一次即為詩詞或

歌曲一首、一闋,如:

(1) 遂成《疏簾淡月》詞一闋道:……《西湖二集‧第二十七卷》

(2) 胡亂打幾拍漁鼓,唱幾闋道情,裝做道人形狀。《韓湘子全傳‧第十三回》

(3) 因作《滿江紅》詞一闋以見志云。《大宋中興通俗演義‧第五十六回》

10. 冊

《說文‧冊部》:「符命也。諸侯進受於王者也。象其札一長一短、中有二編之形。」本義是編聯成的簡冊,後指文獻、典籍,由此語法化為量詞,魏晉南北朝已見,明代沿用,稱量書冊、文卷等,如:

(1) 那如來果然與眾弟子演成一冊經卷。《醋葫蘆‧第十七回》

(2) 生查其妻小遺孤,編為一冊。《國色天香‧尋芳雅集》

(3) 因將陣圖一冊以授岳飛曰:「君當細察於此,方知古人用兵。」《大宋中興通俗演義‧第一十回》

11. 策

《說文‧竹部》:「策,馬棰也。」本義是竹製的馬鞭,後引申指記事竹片或木片,進一步泛化指簡冊類書籍,語法化為量詞,稱量書籍,用例罕見,如:

(1) 兩卷《法華經》,一策《梁王懺》。《西遊記‧第八十一回》

12. 曲

《玉篇‧曲部》:「曲,章也。」本義為詩歌或樂曲的段落,由此語法化為量詞,稱量樂曲,如:

(1) 有《桂枝香》一曲以摹之。《醋葫蘆‧第七回》

(2) 天主又喚褚一如:「你也彈一曲。」《禪真逸史‧第二十二回》

(3) 馨娘雅操定是妙的,何不請教一曲。《檮杌閒評‧第十六回》

## 13. 回

《說文‧口部》：「回，轉也。從口，中象回轉之形。」由此語法化為計數類動量詞，魏晉南北朝已見，明代進一步語法化，成為稱量小說的個體量詞，相當於「章」，是明代新興的用法，如：

（1）在下這一回故事，說「巧書生金鑾失對」。《西湖二集‧第三卷》

（2）今特藉此一回小說，如幽谷生春之意，看傳者當作如是觀。《歡喜冤家‧第二十四回》

（3）焚了一爐好香，展開一幅紙來，寫下一回遺疏。《檮杌閒評‧第三十五回》

## （六）等級類

明代白話小說中等級類量詞共 5 個，分別為等、級、品、流、階。

## 1. 等

《說文‧竹部》：「等，齊簡也。」段玉裁注：「凡物齊之，則高下歷歷可見；故曰等級。」引申為量詞，稱量人或事物的等級、品級，明代白話小說中沿用，可以稱量人，如：

（1）又有一等無稽之徒。《醋葫蘆‧第十二回》

（2）這兩等人惟將澹泊明志，儉樸承家。《七十二朝人物演義‧卷二十二》

還可以稱量物和事件，如：

（3）但他家既要這一等貨，我家是個獨行，怕不長他價錢？《醋葫蘆‧第六回》

（4）終不然這老殺才幹這等沒天理的事？《鼓掌絕塵‧第三十四回》

（5）有這等事，美人圖竟尋不著了！《鼓掌絕塵‧第二十二回》

## 2. 級

《說文‧糸部》：「級，絲次弟也。」表示絲的優劣，引申為等級，《玉篇‧絲部》：「級，階級也。」由此語法化為量詞，明代白話小說中用來稱量官員等

級，如：

　　（1）真有直臣風烈，加升三級。《歡喜冤家‧第四回》

　　（2）杜山、郭亨皆升一級。《于少保萃忠全傳‧第三十三回》

　　（3）有能擒斬幼小韃賊一名顆者，賞銀三十兩，不願賞者升原

職半級。《遼海丹忠錄‧第三十九回》

《正字通‧系部》：「級，首級。」在明代白話小說中量詞「級」還用於稱

量砍下的人頭，如：

　　（4）巴到天明，各各披掛上馬，領兵向前，與莒兵力戰二十餘

合，被杞梁、華周殺了莒國帶甲三百餘級。《七十二朝人物演義‧卷

三十六》

　　（5）共計生擒得阿撒等五名，斬首五十二級，韃盔八十六頂，

甲八付，馬二十五匹，腰刀四十口，弓六十張，箭三百支。《遼海丹

忠錄‧第十七回》

　　（6）計斬獲胡兵耳帶金環者五千餘級，降其番漢人四萬，糧草

輜重三百車。《大宋中興通俗演義‧第三十四回》

## 3. 品

《廣雅‧釋詁四》：「品，齊也。」為等級之義，由此語法化為量詞，在明

代白話小說中用來稱量官職，如：

　　（1）一子道：「我願官高一品。」一子道：「我願田連萬頃。」

《今古奇觀‧第四十卷》

　　（2）文官三品以下，武官二品以下，皆聽節制。《石點頭‧第九

回》

稱量官職之外還可以稱量人，如：

　　（3）父親楊尚書，母封一品夫人，揚州人氏。《歡喜冤家‧第二

十回》

還可以稱量珍寶，如：

　　（4）以駱駝二萬餘頭，及外國珍寶並珍禽怪獸千有餘品，駿馬

萬餘匹。《東西晉演義‧第二七四回》

（5）祖母綠帽頂一品，漢玉如意一握。《檮杌閒評·第三十回》

此外，還可以稱量食物和藥物，如：

（6）拙夫買得一品爽口時物，特與院君下飯，你且請用一箸。
《醋葫蘆·第八回》

（7）安童，快把美人圖取來展開，權當一品肴饌，待我慢慢的
暢飲一杯，有何不可。《鼓掌絕塵·第二十三回》

（8）隨寫仙方，幾品藥餌吃下，即時痊可。《歡喜冤家·第二
回》

用來稱量其他事物，如：

（9）來年正月十五，長安越公楊爺六旬壽誕，我已差官，往江
南織造一品服色，昨日方回。《隋史遺文·第十七回》

（10）白蓮童子急至收時，他已自四散飛去，一翅飛往西方，
把十二品蓮臺食了三品。《封神演義·第二十四回》

## 4. 流

《說文·水部》：「流，水行也。」本義是水的流動，引申為水道，再引申
而有支流、分支義，進一步發展有品類、品級之義，語法化為量詞，往往帶有
品級的意味，魏晉南北朝已見，明代多用來稱量人，如：

（1）俱是爾輩一流，吾不能細誅歷代之妖妻。《醋葫蘆·第十
六回》

（2）此乃古今來第一流人物。《石點頭·第八回》

## 5. 階

《說文·阜部》：「階，陛也。」本義為「臺階」，由此引申而有等級義，語
法化為量詞，稱量官職或爵位的等級，明代白話小說中沿用，如：

（1）時玉帝御座，兩階文武，列著鷺序鵷班；一派將軍，號著
龍驤虎賁。《飛劍記·第十三回》

（2）若加以王位，則去陛下一階耳。《三國演義·第八十二回》

## （七）交通工具類

明代白話小說中交通工具類量詞共6個：駕、輛、乘、艘、艇、駟。

## 1. 駕

《說文・馬部》:「駕,馬在軛中也。」本義是把車套在馬上,引申為駕駛義,由此語法化為量詞,稱量所駕之車,相當於「輛」。

（1）忽有一人姓何名安,自製得一駕御女車,來獻與煬帝。《隋煬帝豔史・第十三回》

（2）遂叫人去製造一駕小小的香車來乘坐,四圍有慢幕垂垂,遂命名為油壁車。《今古奇觀・第四十四卷》

## 2. 輛

《正字通・車部》:「輛,通作兩。《漢書》注:車一乘曰一兩。」「輛」初作「兩」,古代車有兩輪,故用「兩」來稱量車,後加「車」旁分化出「輛」字,專作稱量車的量詞,在明代白話小說中也是專門用來稱量車的量詞,如:

（1）將囚車十輛,把這反賊總拿解朝歌!《封神演義・第三十二回》

（2）教他預先遠遠地覓一輛小車兒,準備走路。《三遂平妖傳・第三十五回》

（3）幾戶出一輛騾車,裝米多少。《隋史遺文・第三十六回》

## 3. 乘

《釋名・釋姿容》:「乘,升也,登亦如之也。」本義為動詞「登」,後引申有名詞「車」義,進一步成為「一車四馬」的總稱,明代白話小說中用來稱量兵車,也可以稱量普通的車輛,如:

（1）率領步卒三十七萬人,騎五萬三千匹,車萬七千乘,正欲起行,公卿皆以玄新得志未可以圖,於是乃止。《東西晉演義・第三○七回》

（2）依舊打扮得嬌嬌媚媚,駕了一乘七香車兒,竟入朝來。《隋煬帝豔史・第五回》

（3）說話之間,小童挽羊車一乘,來到面前。《初刻拍案驚奇・卷二十八》

用來稱量轎子,相當於「頂」,如:

（4）只見前面三乘轎子，已進了飛來峰。《醋葫蘆・第二回》

（5）又去喚了一乘轎子與二娘坐了。《歡喜冤家・第一回》

此外，明代白話小說中「乘」還可以稱量梯子，為明代新興用法，如：

（6）忽有一人拿一乘高梯前來交與偃羿，偃羿登梯直上竟到天頂，心中十分歡喜。《七十二朝人物演義・卷十三》

（7）每一門各用雲梯十乘，梯上軍以箭射之，下者各抱短梯軟索，只看四門鼓動，乘勢上城。《大宋中興通俗演義・第五十二回》

### 4. 艘

《廣韻・蕭韻》逕作：「艘，船總名。」本義是名詞船之總名，由此語法化為量詞，用於稱量各類船隻，如：

（1）任忠要精兵一萬，金翅三百艘，截其後路。《隋史遺文・第一回》

（2）將楊么所積金寶財物盡賞有功將士，放火焚毀大小賊寨三十餘座，戰船數千艘。《大宋中興通俗演義・第四二回》

（3）那時聚集船隻，共計一千有餘艘。《英烈傳・第十三回》

### 5. 艇

《說文新附・舟部》：「艇，小舟也。」本指輕便的小船，後語義泛化，可指大船，由此作量詞，稱量船，明代白話小說中較少見，如：

（1）四顧湖中，大船小船，也有數千艇。《燕居筆記・裴航遇雲英記》

### 6. 駟

《說文・馬部》：「駟，一乘也。」清段玉裁注：「按，乘者，覆也。車軛駕乎馬上曰乘，馬必四，故四馬為一乘。」本義為一車所駕的四匹馬，由此稱量四馬所駕的車，明代用例較少，如：

（1）威王即命左右向那寶藏庫中取出黃金百斤，又向廄中取出車馬十駟交付淳于髡往趙請救。《七十二朝人物演義・卷二十六》

（2）一事不至於虛浮，便是千駟萬鍾。《七十二朝人物演義・卷之八》

### （八）房屋建築類

明代白話小說中房屋建築類量詞共 6 個：間、堵、座、楹、棟、椽。

#### 1. 間

《說文·門部》：「閒，隙也。」「閒」即「間」，空隙、間隙義，劉世儒認為：「房屋中間施以間隔，一隔為一間，所以它就常用『間』來作為量詞。」〔註48〕明代白話小說中仍用於稱量房間，如：

（1）已到一條小小巷內，就把一間黑避覷的房子叩響。《醋葫蘆·第十一回》

（2）搭起一間蓬廠居住，漸漸經營起來，方成就得一間房子。《西湖二集·第六卷》

（3）孩兒多承那觀中李老師一片好情，情願肯把自己一間幽雅淨室。《鼓掌絕塵·第二回》

#### 2. 堵

《說文·土部》：「堵，垣也，五版為一堵。」本是古代牆壁的面積單位，後來引申為個體量詞，稱量牆壁，相當於「面」，明代白話小說中沿用，如：

（1）次日起來，當真在堂子前面堆起一堵短牆，遮了神聖，卻自放在心裏不題。《初刻拍案驚奇·卷二十》

（2）便挖去了半堵壁，把板遮了，要去即提去了板，來往更便。《一片情·第八回》

#### 3. 座

《玉篇·廣部》：「座，床座也。」一種座具，引申為座位，又可指器物托底的部件，語法化為量詞，魏晉南北朝已見。明代白話小說中範圍很廣，可以稱量庵廟、橋樑、花園、城池等建築，如：

（1）聞有幾座尼庵，說道裏邊有若干女眾，不論老少，不計其數。《醋葫蘆·第十二回》

（2）忽然見一座石橋接路，橋下流水清淺，僧家無纓可濯，有渴可消，乃走近橋邊，扶欄觀望。《東度記·第九回》

---

〔註48〕劉世儒：《魏晉南北朝量詞研究》，北京：中華書局，1965 年，第 122 頁。

（3）你說那要住居也是極容易的事，或是買一所宅子，或是典一座花園，最不濟的或是租一間房兒。《七十二朝人物演義·卷九》

（4）偶望林端有一座小小城池，那墨子觀看其城。《七十二朝人物演義·卷二十二》

稱量山、樹林、湖、墳墓等，如：

（5）這一座龍虎山，果是一所福地。《咒棗記·第五回》

（6）行了數餘里，走得那婆子腰癱背折，叫苦連天，遠遠望見一座林子正是夢澤。《七十二朝人物演義·卷七》

（7）主人家，果然好一座古湖！《鼓掌絕塵·第十三回》

（8）未及一刻，天清日出，三人走出林來，到原放棺木地方，俱不見了，但見土石壅蓋，巍然一座大墳。《英烈傳·第五回》

還可以稱量丹爐，如：

（9）立了幾座的爐，用了幾百斤的炭，煉成一條鐵鞭。《咒棗記·第六回》

（10）正堂有丹爐一座，高廣徑寸，紫焰發光，灼爍窗戶。《韓湘子全傳·第八回》

稱量神仙、人等，如：

（11）忽然現出一座金身，恰正是觀音大士神像。《鼓掌絕塵·第二十二回》

（12）非凡世之人，乃俺傳教第一座弟子，因犯了酒戒。《禪真逸史·第二十二回》

還可以稱量其他事物，如：

（13）帶了一行僮僕，俱各出門，四座肩輿，十六隻快腳，一溜風出了湧金門外。《醋葫蘆·第二回》

（14）胡兵報入中軍，黏沒喝驅動大隊人馬，放出二十座拐子馬。《大宋中興通俗演義·第十五回》

（15）東京大小有二十八座門，各門張掛榜文，明白曉論。《三遂平妖傳·第二十七回》

### 4. 楹

《說文・木部》：「楹，柱也。」本義為廳堂的前柱，由此語法化為量詞，稱量房屋，隋唐五代已見，在明代白話小說中沿用，屋一列或一間為一楹，如：

（1）只見前面，果然林內茅屋數楹，煙火幾處。《東度記・第四回》

（2）乃隨著店主引入側首一個小門，乃是三四楹小屋，師徒恰才到屋，只見屋內道了一聲：「呀！恩師們到了。」《東度記・第六回》

（3）間壁到有空房四楹，盡可居住做生意。《貪欣誤・第四回》

此外，明代白話小說中還可以用於虛指，如：

（4）於是，特造一所大屋，廣闊數楹，廊腰縵回，簷牙高琢，看來也極巍麗。《七十二朝人物演義・卷六》

### 5. 椽

《說文・木部》：「椽，榱也。」本義是放在檁條上支架房頂的椽子，由此語法化為量詞，稱量房間的數量，隋唐五代已見，明代沿用，如：

（1）尋一個幽僻所在，結茅屋數椽，名曰「悟真齋」。《飛劍記・第二回》

（2）只見白茫茫一泓清水，那裏有一間廳堂，半椽樓房？《韓湘子全傳・第六十二回》

（3）信步尋去，見山岩畔有草屋數椽，內射燈光。《三國演義・第四十七回》

### 6. 棟

《說文・木部》：「棟，極也。」本義是屋的正樑，《爾雅・釋宮》：「棟謂之桴。」由此語法化為量詞，房屋一座稱之為一棟，明代白話小說中用來稱量寺宇、房屋等，但極為少見，我們在五十五部明代小說中未見，在考其他明代白話小說中發現一例，如：

（1）遂從其言，捐家財為勸首，募眾力以贊襄，費數年料理，即構成一棟寺宇，取名青林。《二十四尊得道羅漢傳・長眉羅漢第一尊》

## （九）物品類

明代白話小說中事件類量詞統計有「件」「事」2個。

### 1. 件

《說文·人部》：「件，分也。」即分別義，由此引申便有數量、件數義，語法化為量詞，稱量事件，秦漢已見。明代白話小說中「件」的適用範圍較為廣泛，用於稱量衣服、寶物、兵器等具體事物，如：

（1）另換一件天藍道袍，著了一雙大紅方舄。《鼓掌絕塵·第十一回》

（2）買了幾柄時扇，兩件玉器，余真虎口細席，一把時壺。《歡喜冤家·第二十三回》

（3）把那六件兵器多教變，百千萬億照頭丟。《西遊記·第四回》

也可以稱量茶食等，較罕見，如：

（4）又與了小的兩件茶食來了。《金瓶梅·第一回》

還稱量毛病、親事、功勞等抽象事物，如：

（5）知過老本是個看財童子，兒子卻是個敗家五道，平昔有幾件毛病：見了書本，就如冤家；遇著婦人，便是性命。《醒世恒言·卷十七》

（6）我來有一件親事來對大官人說。《金瓶梅·第七回》

（7）教關某幹這件功勞甚好。《三國演義·第五十三回》

（8）汪伯彥二人大罪有二十餘件，以致陛下蒙塵於外。《大宋中興通俗演義·第十七回》

明代小說中，「件」可以帶上詞綴「子」和「兒」，如：

（9）問我姊那裏，借的衣裳幾件子首飾。《金瓶梅·第八十一回》

（10）奶奶諸般稱意了，只少一件兒。《三隧平妖傳·第十一回》

量詞「件」的「AA」式重疊和「一AA」式重疊在明代白話小說中得到運用，如：

（11）生的方面大耳，自幼好使槍棒，一十八般武藝件件精通。

《西湖二集·第一卷》

（12）把酒醉到監事情，一件件說得明白。《歡喜冤家·第十六
回》

## 2. 事

《說文·史部》：「事，職也。」本是動詞義「治事、從事」，引申為名詞官
職、職務義，再引申為事業、事件義，由此語法化為量詞，相當於現代漢語中
的個體量詞「件」。先秦已見，明代沿用，但較罕見，如：

（1）撈得紅漆箸一雙，及斛概一事。《情史·卷二十一》

（2）即為書及白金百兩、綵緞二端、金釵環各二事，遣人往臺
求婚。《燕居筆記·浙湖三奇志》

## （十）品種類

用於稱量事物的種類，明代白話小說中共 7 個：種、般、樣、款、色、
類、科。

## 1. 種

《玉篇·禾部》：「種，種類也。」本義為種類，由此引申為量詞，稱量人
和事物的類別，明代白話小說中可以稱量人、神的種類，如：

（1）然要曉世上有此一種人，所以歷歷可紀，不是脫空的說話。
《初刻拍案驚奇·卷四》

（2）請問還是那一種神仙？《鼓掌絕塵·第十三回》

還可以稱量花草、顏色等具體事物，如：

（3）眾人同到後面來，只見一所小小園亭，也有幾種花木，中
間三間茅亭，盡是幽雅。《檮杌閑評·第十六回》

（4）龍則一名，色分六種，青藍黑白紅黃。《醋葫蘆·第八回》

明代白話小說中還多稱量方法、品質、情感、風流等抽象的事物，如：

（5）先生又是一種教法：每早誦讀時文程墨，午前做兩個破
題，午後講「通鑒」諸子百家。《歡喜冤家·第十七回》

（6）他看過《太上感應篇》的，奸人妻女第一種惡。《歡喜冤
家·第十八回》

（7）別有一種深情，知他定是個人中豪傑，口裏雖不說出，心

下覺有幾分顧盼之意。《鼓掌絕塵・第二回》

（8）一種風流，甚時消受無聊獨立青青柳。《國色天香・尋芳雅集》

此外，還有「AA」式和「一AA」式的用法，如：

（9）但人心一念善，在在天堂；一念惡，種種地獄。《禪真逸史・第二十回》

（10）紗袖籠尖尖嫩筍，一種種露出輕盈。《國色天香・劉生覓蓮記》

## 2. 般

《集韻・桓韻》：「般，亦數別之名。」由此語法化為量詞，漢代已見，到隋唐五代得到極大的發展。〔註49〕明代白話小說沿用，可以稱量寶貝、對象、器械等，如：

（1）讀策已罷，宋王方受八般寶貝，柴燎告天。《東西晉演義・第三五〇回》

（2）雖稱一對新人；錦繡衾中，各出兩般舊物。《歡喜冤家・第三回》

（3）各使器械，共有十般：槍、刀、劍、戟、鏟、杵、叉、鈀、鋼鞭、大斧。《禪真逸史・第三十九回》

還可以稱量苦惱、感受、魂魄等抽象的事物，如：

（4）譬如弟子以羅漢身，一念妄動，遂有千般苦惱。《醋葫蘆・第十二回》

（5）環聲細千般懶，脂粉容消萬事慵。《國色天香・尋芳雅集》

（6）獄之鬼，三五十般受刑之魂。《醋葫蘆・第十二回》

量詞「般」的「AA」式重疊在明代白話小說中得到運用，如：

（7）愛欲般般都放下，三途八難永除根。《南海觀世音菩薩出身修行傳・第六回》

---

〔註49〕李建平：《隋唐五代量詞研究》，濟南：山東人民出版社，2016年，第138頁。

（8）養了個退財白虎，開了大門，七件事般般都在老身心上。

《警世通言‧第三十二卷》

### 3. 樣

《集韻‧漾韻》：「樣，法也。」有式樣之義，由此語法化為量詞，稱量事物的種類、樣式。明代白話小說中可以稱量植物、點心等具體事物，如：

（1）洞庭有一樣橘樹絕與他相似，顏色正同，香氣亦同。《今古奇觀‧第九卷》

（2）一面取幾樣點心與他充饑，一面取那些珠子道：「你拿去。」《歡喜冤家‧第四回》

（3）前頭兩個漢子，挾著黑魆魆兩樣對象，後面七八個大漢。《禪真逸史‧第五回》

還稱量話語、事情等抽象事物，如：

（4）他還說出你二十四樣好話來哩！《檮杌閒評‧第十二回》

（5）所以有這樣事，也得他經一遭兒，警戒下次！《今古奇觀‧第八卷》

（6）任他百樣浪費，一些也不為怪。《醋葫蘆‧第三回》

「樣」還可以用於「一AA」式，如：

（7）不想一樣樣、一件件，都被煬帝探知。《隋煬帝艷史‧第二回》

### 4. 款

《說文‧欠部》：「款，意有所欲也。」由此輾轉引申而有款式、規格、樣子之義，語法化為量詞，稱量分類的事物。在明代白話小說中可以稱量罪名、曲子等，如：

（1）偷牛已有一款罪，又私宰耕牛，乃兩款罪。《東度記‧第八十八回》

（2）奈何燭滅樽空，不能為一款曲也？《國色天香‧尋芳雅集》

（3）有一說，這三項只有一款屬運司。《檮杌閒評‧第三十九回》

## 5. 色

《說文·色部》:「顏,氣也。」本義為臉色,引申為顏色,在引申有品類、種類義,由此語法化為量詞,相當於「種」,如:

（1）這些貢監,也備幾色厚禮茶果申謝。《檮杌閒評·第三十八回》

（2）到得次日,諸色對象俱已齊備。《韓湘子全傳·第十二回》

（3）韋臯不免開門,兩個書童,捧著桌櫃果子,幾色菜飯,兩枝大絳燭。《石點頭·第九回》

明代白話小說中「色」還有「AA」式,如:

（4）色色粉湯香又辣,般般添換美還甜。《西遊記·第六十九回》

（5）側邊一張床榻,帳幃被褥,色色完備。《石點頭·第十二回》

## 6. 類

《說文·犬部》:「類,種類相似,惟犬為甚。」《玉篇·犬部》:「類,種類也。」本是種類義,語法化為量詞,稱量事物之種類,如:

（1）又上度老爺三代祖考,下及冥陽界內十類孤魂。《檮杌閒評·第二十九回》

（2）捧出五六薄文書並十類簿子。《西遊記·第三回》

## 7. 科

《說文·禾部》:「科,程也。」清徐灝注箋云:「科,謂諸率取數於禾者,從而區分,別其差等,故從禾從斗。」由此語法化為量詞,漢代已見,稱量科目等,明代白話小說中沿用,如:

（1）曾記他十年前應舉,兩道策,那一科試官,極口贊他好。《金瓶梅·第五十六回》

（2）這一科取士,比別科又甚不同。《包龍圖判百家公案·第八卷》

（3）浙場有個士子,原是少年飽學,走過了好幾科,多不得中。落後一科,年紀已長,也不做指望了。《初刻拍案驚奇·卷十四》

## （十一）藥物類

藥物類量詞在明代白話小說中共有 5 個：服、貼、帖、料、劑。

### 1. 服

《說文・舟部》：「服，用也。」有從事、實行義，引申為服藥，作量詞一般用來稱量中藥，一劑中藥為一服，明代白話小說中沿用，如：

（1）蕙姿，黃昏那一服藥，卻是你的手熬，我直要到五更時候才吃。《鼓掌絕塵・第六回》

（2）下了一服不按君臣的湯藥，頃刻了帳。《石點頭・第五回》

（3）因投了一服硝黃的通藥，那小兒即死。《咒棗記・第二回》

### 2. 貼

《正字通・貝部》：「貼，黏置也。」即黏附、附著義，語法化為量詞，多用於稱量膏藥，明代白話小說中亦用來稱量藥，如：

（1）兒，這碗粥好似幾貼藥，這一會我精神清爽起來了！《型世言・第一卷》

（2）「東君欲放」就是一貼良藥。《鼓掌絕塵・第二十六回》

（3）若要病痊，除非服那一貼藥才好哩。《禪真逸史・第六回》

### 3. 帖

《說文・巾部》：「帖，帛書署也。」本義是書寫在帛上的標簽，後引申指公文、文書等，中醫的藥方和文書形制相同，故由此語法化為量詞，稱量諸多味藥配合而成的藥劑，隋唐五代已見但用例不多，明代白話小說中常見，如：

（1）玉香自袖中出丹一帖授生。《國色天香・尋芳雅集》

（2）鍾守淨央趙婆贖一帖墮胎藥，打下了冷子宮，再不孕了。《禪真逸史・第十四回》

（3）魏玄成把紫衣潞綢等件，收拾進房，在鶴軒中簇一帖疏風表汗的藥兒，煎與叔寶吃了，出了一身大汗。《隋史遺文・第九回》

值得注意的是「貼」和「帖」都可稱量藥，但有所不同，「貼」多用來稱量膏藥，一張膏藥稱為「一貼」，而「帖」多用於稱量中藥湯劑，一劑藥稱為「一帖」。

4. 料

《說文·斗部》:「料,量也。」《玉篇·斗部》:「料,數也。」本義為稱量、測量,語法化為量詞,稱量有一定數量的物品,明代白話小說中可以用來稱量藥物,如:

　　（1）這一料藥頭,斷斷省不過了。《醋葫蘆·第六回》

此外,還可以稱量頭髮,如:

　　（2）只剪下一料子頭髮拿來我瞧。《金瓶梅·第十二回》

5. 劑

《說文·齊部》:「齊,禾麥吐穗上平也。」由此輾轉引申有動詞調和、調劑義,中藥往往由多種藥材調劑而成,由此語法化為量詞,稱量調劑而成的藥物,後增加形符為「劑」,明代白話小說中用來稱量藥,如:

　　（1）待我請位醫師,討幾劑安胎藥你吃。《醋葫蘆·第十三回》

　　（2）大家商議了多時,共撮一劑表寒散大解毒驅邪的藥。《禪
　　真逸史·第二十一回》

　　（3）置爐火親自煎起那一劑藥。《混唐後傳·第三十六回》

## （十二）佛像類

佛像類的量詞明代白話小說中有「尊」「軀」兩個,但量詞「軀」在明代多稱量普通人。

1. 尊

《廣雅·釋詁一》:「尊,敬也。」本義為尊敬,由此語法化為量詞,成為稱量佛像的專用量詞,在明代白話小說中沿用,如:

　　（1）諸惡莫作,眾善奉行,乃天地間一尊活佛也。《歡喜冤家·
　　第十八回》

　　（2）分明是一尊活神道,怎敢不認。《石點頭·第十回》

　　（3）只見空中現出一尊神將,手執降魔法器,專擊忤逆邪魔。
　　《東度記·第三十三回》

2. 軀

《說文·身部》:「軀,體也。」本義是身體,由此語法化為量詞,魏晉南

北朝時期開始用於稱量佛像，歷代沿用，但明代白話小說中量詞「軀」常用來稱量普通人，如：

（1）你堂堂一軀男子漢，不指望你養老婆，難道一身一口，再沒個道路尋飯吃？《警世通言·卷三十一》

（2）望兩壁間，隱隱若人形影，謂為繪畫。近視之，不見筆跡，又無面目相貌，凡二三十軀。《情史·卷七》

## （十三）其他類

這類量詞與其他量詞之間聯繫不緊密，因此單獨歸為一類，共 7 個：隻、味、椿（椿、壯、裝、莊）、項、號、撅、幢。

### 1. 隻

《說文·隹部》：「隻，鳥一枚也。」由此語法化為量詞，先秦兩漢已見，原只用於稱量鳥，〔註 50〕經過魏晉南北朝和隋唐五代的發展，在明代小說中適用範圍更廣，稱量人的身體部位，如：

（1）口中便說，兩隻眼四下瞧看。《醒世恆言·第十五卷》

（2）趙成又招一個後生，趕近前來，左右各挾著一隻胳膊。《石點頭·第十回》

（3）你看他，兩隻腳雖與韓相國同走。《鼓掌絕塵·第四回》

泛稱牛、雞、狗等動物，如：

（4）拽滿了扯起一箭，正中一隻大獐腿上。《檮杌閒評·第一十回》

（5）小子有幾畝薄土，畜得一隻耕牛。《東度記·第八十三回》

（6）因這一件事，故意將數十隻雞丟將開去。《西湖二集·第五卷》

（7）這樣昨夜睡在床上的是一隻狗！《歡喜冤家·第十三回》

（8）卻是一隻麒麟，一隻白鹿，一隻黑虎。《檮杌閒評·第四十六回》

可以稱量車、船，其中稱量車的用法是明代新興的，如：

〔註 50〕李建平：《先秦兩漢量詞研究》，北京：中國社會科學出版社，2017 年，第 129 頁。

（9）雲卿抬頭看時，兄一隻船上裝著行頭一班子弟。《檮杌閒評·第三回》

（10）雇一隻小舟，沽幾壺美酒，買幾品小色海味之類，兩人對酌，一詠一觴。《醋葫蘆·第八回》

（11）吳起回頭一望，看見後面兩隻車兒疾行而來。《七十二朝人物演義·卷三十二》

（12）最苦是車載糧米，州縣派定幾戶出一隻牛車，裝米多少。幾戶出一輛騾車，裝米多少。《隋史遺文·第三十六回》

還可以稱量詞、曲，如：

（13）俞良一揮而就，做了一隻詞。《警世通言·第六卷》

（14）烘內翰珠璣滿腹，錦繡盈腸，一隻曲兒，有甚難處？《喻世明言·第十五卷》

稱量其他事物，如：

（15）一口氣走進裏面去，叫小廝扛出一隻皮箱。《鼓掌絕塵·第十二回》

（16）且喜他死的妻子房中有一隻灰缸、藏灰久矣。《歡喜冤家·第七回》

（17）夜宿妓家，竊其睡鞋一隻，袖之入幕。《情史·卷十三》

（18）乃是討齋飯的道人，背著一隻齋飯桶。《石點頭·第八回》

## 2. 味

《說文·口部》：「味，滋味也。」引申為品嘗滋味，後輾轉引申為名詞菜肴義，語法化為量詞，通常用於稱量菜肴的種類。在明代白話小說中也可稱量菜肴，如：

（1）小弟帶得有兩瓶三白，幾味蔬菜，杜兄不嫌，就取出來。《鼓掌絕塵·第二回》

（2）你平日不煮團魚，今日少了這一味也罷。《石點頭·第十回》

也用於稱量藥，如：

（3）帝曰：「那兩味藥？」鍾道士曰：「此兩味藥有一味甚難得。」《楊家府通俗演義·第四卷》

（4）用石榴皮、生礬兩味煎湯洗過，那東西就緊了。《今古奇觀·第二十三卷》

明代白話小說中還可以稱量抽象的東西，如：

（5）只吃一味風寒中於脾胃二經，更兼生冷搏激，以是腹中絞痛。《醋葫蘆·第四回》

（6）你的法術施為，我一些都不管，我只管出著一味福氣幫你。《初刻拍案驚奇·卷十八》

### 3. 椿（壯、裝、莊）

《說文新附·木部》：「椿，橛杙也。」本為木橛，亦泛指楔入地中的椿柱，後語法化為量詞，多用於稱量事件，相當於「件」「宗」，宋元已見，明代沿用，可以稱量錢財、寶物，如：

（1）一千銀子？好一椿錢財，他怎麼拿得出？《型世言·第二十八卷》

（2）原來賣這一椿銀子，買個秀才做著！《醋葫蘆·第十五回》

（3）這一椿財寶，勸二哥休要想他，不必費心，免勞算計。《禪真逸史·第四回》

也可以稱量病、人命等，如：

（4）然其母弘氏，有一椿大病，說起佛，則信心合掌，再不疑慮。《一片情·第七回》

（5）終不然大大一椿人命，可是央得這幾個小小生員。《鼓掌絕塵·第三十二回》

稱量事件、生意等，如：

（6）你今既要接他回來，豈不是一椿美事？《鼓掌絕塵·第十回》

（7）這個白老鼠趕來送你，也是千古奇逢的一椿便宜事。《一片情·第三回》

（8）倒是一椿好生意。《歡喜冤家・第十五回》

稱量仇恨、好處、毛病等抽象的事物，如：

（9）吳將軍，陰靈護我，與你報此一椿大仇。《歡喜冤家・第二回》

（10）還有一椿好處，眉分兩道春山，眼注一泓秋水。《石點頭・第六回》

（11）那蕭穎士般般皆好，件件俱美，只有兩椿兒毛病。《今古奇觀・第二十五卷》

明代小說中「椿」可以帶詞綴「兒」，還可以用在「一ＡＡ」形式中，如：

（12）第三椿兒不可說。《金瓶梅・第十二回》

（13）一椿椿得重些，只聽得裏頭「撲」的一聲響，麻氏口裏也「呀」的一聲。《一片情・第六回》

明代小說中「椿」又寫作「壯」「裝」，如：

（14）小人可怎的，也猜著一壯兒了。《金瓶梅・第十六回》

（15）我雖趕不著道獲兒，卻也撞著一裝異事，釋了一段大大的疑惑。《三隧平妖傳・第三回》

此外，明代小說更常寫作「莊」，如：

（16）打聽府中張勝和劉二幾莊破綻。《金瓶梅・第九十九回》

（17）爺爺！包龍圖曾斷七十二件沒頭公事，爺爺這一莊事斷不出？《于少保萃忠全傳・第十一回》

（18）教李大姐也拿了四莊樂器兒。《金瓶梅・第二十七回》

（19）咱家鋪中諸樣藥都有，倒不知那幾莊兒墜胎。《金瓶梅・第八十五回》

### 4. 項

《說文・頁部》：「項，頭後也。」引申有項目、條款之義，由此語法化為個體量詞，稱量分項目、分條款的事物，宋元時代已見，明代沿用。

稱量事蹟、事務，如：

（1）閻君令賞善罰惡二司細查文簿，果有二項事蹟。《咒棗記·第一章》

（2）畢竟那滿輪之詔，繡帛之迎，必不可緩的第一項要緊事務，再沒有君能知。《七十二朝人物演義·卷三十四》

稱量錢財、銀子或盤纏，如：

（3）把這兩項銀子交付與賈婆，分疏得明明白白。《今古奇觀·第二卷》

（4）便是老夫身衣口食，日常也不能如意，那有錢來清楚這一項銀？《初刻拍案驚奇·卷十三》

（5）只這一項盤纏，兩個棺木回去勾了。《二刻拍案驚奇·卷二十一》

在明代小說中還可以稱量人，如：

（6）這幾項人，都不要隨我去了。《隋史遺文·第三回》

### 5. 號

《說文·号部》：「號，乎也。」引申為動詞號令、命令義，再引申為記號、標幟義，引申指編列的次序或等第，語法化為量詞，是宋元時代新興的量詞，明代沿用，如：

（1）因著張和燮把守水寨，自同陳英傑領了三十號船，出江來戰。《英烈傳·第三十六回》

（2）又聞呼喊聲，送表官皆不出城，知事必敗露，河邊數十號船，乘微明時，各各逃散。《杜騙新書·第二十三類·法術騙》

### 6. 撅

「撅」即「橛」，《廣雅·釋宮》：「橛，杙也。」即短木樁，語法化為量詞，猶「段、截」，明代罕見，如：

（1）兩隻手一頓撚，撚在這兩個鍋裏，卻是兩撅乾狗屎。《型世言·第三十四卷》

### 7. 幢

《說文·巾部》：「幢，旌旗之屬。」本義是古代用作儀仗的特殊的旗子，

由此語法化為個體量詞，專用於稱量軍營，魏晉南北朝已見，明代沿用但罕見，如：

  （1）幾幢儀仗前導，地藏、十王俱來遠送。《醋葫蘆·第二十

回》

# 第二章　明代集體量詞研究

　　集體量詞是名量詞中另一重要組成部分，集體量詞稱量多個個體的數量，是與個體量詞相對而言的。明代白話小說中集體量詞共 82 個，分外形特徵類集體量詞和非外形特徵類集體量詞兩大類，逐一考察明代白話小說中的集體量詞以展示明代集體量詞的特色。

## 第一節　外形特徵類集體量詞

　　據外形特徵類集體量詞的認知以及計量對象的特點，明代白話小說中的外形特徵類集體量詞可以分為動狀量詞、叢簇狀量詞、線狀量詞和其他量詞四大類，共 53 個，我們逐一考察每類量詞並分析其使用情況。

### 一、動狀集體量詞

　　明代白話小說中的動狀集體量詞共計 35 個，分為手動類、包束類、堆積類、分合類、其他類五大類進行分類探討。

### （一）手動類

　　明代白話小說中統計得到手臂類不定量集體量詞共 11 個：抬、扛、攢、掬、抔、撮、把₂、捏、握₂、拿、撚₁。

### 1. 抬

　　《廣雅・釋詁一》：「抬，動也。」引申為兩人合力扛舉義，由此語法化為

集體量詞，稱量二人合力所抬之物，是明代新興的量詞，如：

　　（1）午後先到了三個家人，押著八抬行李，逐一拐明進城。
《檮杌閒評・第二十六回》

　　（2）請西門慶過了目，方才裝入盒擔內，共約八抬。《金瓶梅・
第三十九回》

　　（3）其餘布絹棉花，共約二十餘抬。《金瓶梅・第九十一回》

## 2. 扛

《說文・手部》：「扛，橫關對舉也。」本義為雙手舉物，引申指兩人共同抬一物，由此語法化為量詞，一扛即一抬，也是明代新興的量詞，如：

　　（1）臨發時，參隨官龍光等，取敕印作一扛，留於後堂。《三教
偶拈・王陽明靖亂錄》

　　（2）須臾，二十扛禮物擺列在階下。《金瓶梅・第五十五回》

　　（3）這槍桿，是奇射中最易者，不是陣上的槍桿，卻是後帳發
出一扛木頭槍桿來，乃頑童跳的槍，不用油漆，九尺長，計六十一
根，一扛發將出來。《隋史遺文・第十五回》

## 3. 攢

《集韻・換韻》：「攢，聚也。」本義是聚集，引申為用手握住之義，由此語法化為量詞，明代用於稱量聚集成團或成堆的東西，如：

　　（1）一簇槍林似竹，一攢劍洞如麻。《水滸傳・第七十八回》

　　（2）一日在後院中宴賞，見百花開放，紅一攢，綠一簇，都不
是尋常顏色。《隋煬帝豔史・第九回》

量詞「攢」的「一AA」式重疊在明代白話小說中較常見，如：

　　（3）一攢攢密砌重堆，亂紛紛神仙難畫。《西遊記・第八十回》

　　（4）到秋來，怎見得如金如錦？一攢攢，一簇簇，俱是黃花吐
瑞；一層層，一片片，盡是紅葉搖風。《封神演義・第四十一回》

## 4. 掬

《玉篇・手部》：「掬，撮也。」有捧起義，《小爾雅・廣量》：「一手盛謂之
溢，兩手謂之掬。」語法化為量詞，稱量手捧起某物的量，在明代白話小說中

多稱量淚、水等液體，如：

（1）老懷一掬鍾情淚，幾度沾衣獨泫然。《石點頭・第三回》

（2）我思人世，功名富貴，真是一掬塵灰。《螢窗清玩・第三卷・遊春夢》

### 5. 抔

《廣韻・侯韻》：「抔，手掬物也。」本義為用手捧取，其量詞意義由此發展而來，相當於「捧、把」，如：

（1）生前貴顯壓王侯，歿後難留土一抔。《隋史遺文・第四十一回》

（2）一抔濁土，埋藏不減的精靈；七日浮生，斷送在無常倏忽。《三隧平妖傳・第七回》

### 6. 撮

《說文・手部》：「撮，兩指撮也。」《玉篇・手部》：「撮，三指取也。」本義為用三個指頭抓取，語法化為量詞，指用手指撮取的分量，如：

（1）將草藥末了撚了一撮，放在酒內，入砂鍋中煎了幾滾。《檮杌閒評・第十九回》

（2）用瓶盛取，每日空心服一撮，用冷水湯咽下。《西湖二集・第三十四回》

（3）又將一甕水，用米一撮，放在水中，紙封了口，藏於松間，兩三日開封取吸，多變做撲鼻香醪。《初刻拍案驚奇・卷二十四》

（4）紅砂一撮道無窮，八卦爐中玄妙功。《封神演義・第四十四回》

### 7. 把₂

《說文・手部》：「把，握也。」本義為握持，由此語法化為量詞，表示一握的數量，明代白話小說中「把」適用範圍廣泛，可以稱量鬚髮、食物、銀子、衣服等，如：

（1）早被一把鬍鬚，揪一個牽牛而過堂下。《醋葫蘆・第十三回》

（2）說罷，提著一把菜，向東去了。《三遂平妖傳・第八回》

（3）若不幫他幾年，趁過千把銀子，怎肯放你出門？《今古奇
觀・第七卷》

（4）其人並不敢則聲，提起一把衣服，鄉飛走了。《初刻拍案
驚奇・卷七》

此外，在明代白話小說中還可以用來稱量年紀、干係等抽象的事物，如：

（5）老人家說的話都顛倒了，空教你這人活這一把年紀。《韓
湘子全傳・第六回》

（6）這回見妻子變了這臉擔下一把干係，巴不得周智閉口。
《醋葫蘆・第二回》

（7）說得那都氏起了一點厭賤之心，動了一把無明之火。《醋
葫蘆・第二回》

8. 捏

《廣韻・屑韻》：「捏，捺。」本義為手按，語法化為量詞指拇指和其他手指夾住的量，在明代白話小說中稱量少量的事物，如：

（1）小巧腰肢剛半捏，依然含蕊梅花。《醋葫蘆・第六回》

（2）甘心亡國為污下，贏得人間一捏香。《封神演義・第四回》

（3）太師乃碧遊宮金靈聖母門下，五行大道，倒海移山，聞風
知勝畋，嗅土定軍情，怎麼一捏神砂，便自不知？《封神演義・第
三十五回》

9. 握2

《說文・手部》：「握，搤持也。」本是動詞攥、執持義，由此語法化為量詞，表示一握之量，這種用法東周秦漢已見，明代仍沿用，可稱量具體事物，如：

（1）瑩中回至寓所，遂不復寢，命愛姬煎茶，茶到，又遣愛姬
取酒去，私服冰腦一握。《喻世明言・第二十二卷》

（2）遂剪下一握，付與來人。《楊家府通俗演義・第四卷》

還可以稱量風、雲等抽象的事物，如：

（3）巫山十二握春雲，喜得芳情枕上分。《歡喜冤家·第十回》

（4）躊躇無地憶元暉，一握薰風下紫薇。《燕居筆記·懷春雅

集》

### 10. 拿

《正字通·手部》：「拿，俗拏字。」本義是用手取，用作量詞，相當於量詞「把」「握」，是明代新興的量詞，如：

（1）我不說你罷，漢子有一拿小米數兒，你在外邊那個不吃你

嘲過。《金瓶梅·第二十四回》

（2）他怎的不可舞手，有一拿小米數兒甚麼事兒不知道。《金

瓶梅·第二十五回》

### 11. 撚₁

《說文·手部》：「撚，執也。」有握持之義，語法化為量詞，相當於「把」，形容量少，可以稱量具體事物，如：

（1）寧戀本鄉一撚土，莫愛他鄉萬兩金。《西遊記·第十二回》

在明代白話小說中更多稱量抽象事物，如：

（2）御愛雕欄寶檻春，粉香一撚暗銷魂。《石點頭·第十三回》

（3）一撚溫柔，通書先把話兒勾。《金瓶梅·第六十八回》

（4）一雙俊眼含嬌媚，三寸細蓮半撚春。《歡喜冤家·第十二

回》

### （二）包束類

明代白話小說中統計得到包束類量詞共4個：束、包、裹、捆。

### 1. 束

《說文·束部》：「束，縛也。」由此語法化為量詞，稱量捆在一起的東西。劉世儒先生認為，「束」在秦漢時就已經有了量詞的用法，但早期的量詞「束」是有一定數目的，以「十個為束」，南北朝以後，一般就不講究確切數量了。〔註1〕「束」在明代白話小說中可以稱量柴、柳枝、草等，如：

（1）這四束柴，有一百多斤，我挑進城來，肩也不曾換一換。

---

〔註1〕　劉世儒：《魏晉南北朝量詞研究》，北京：中華書局，1965年，第243頁。

《隋史遺文‧第六回》

（2）只要向東北方上搭起三尺高一座臺來，再取潔淨楊柳枝一束。《鼓掌絕塵‧第十六回》

（3）叫店家燒了一鍋水，悄地放下一束草，煎成藥湯。《二刻拍案驚奇‧卷二九》

也有稱量綾、皮、肉脯等捆紮在一起的東西，如：

（4）一曲清歌一束綾，美人猶自意嫌輕。《情史‧卷五》

（5）劉翁便取一束麻皮，付與宋金，教他打索子。《今古奇觀‧第十一卷》

（6）楚君知之，每每將脯一束、糗一筐以饋子文，子文即逃往深山中避之。《七十二朝人物演義‧卷之七》

還可以稱量抽的事物，如：

（7）芳心空一寸，柔腸千萬束。《國色天香‧鍾情麗集》

## 2. 包

《說文‧勹部》：「包，象人裹妊。」本為胞衣，引申為包好的對象，量詞義由此發展而來，多稱量成包的東西，明代白話小說中稱量包裹所包之物，如珠子、錢財、酒飯等，如：

（1）菜根將那一包好珠子，先拿出來，一顆顆看了。《歡喜冤家‧第四回》

（2）日積月累，有了這一大包銀子。《今古奇觀‧第七卷》

（3）果然吃下一包老酒。《醋葫蘆‧第十回》

（4）入臥房內搜擄金銀財帛後，於床上搜出一包書信。《檮杌閒評‧第二十三回》

明代白話小說中「包」還多加詞綴「子」和「兒」，如：

（5）這參軍姓斛斯，名寬，遼西人氏，夢中喚起，一包子酒尚未醒，燈影下先叫捕人錄了口詞。《隋史遺文‧第十一回》

（6）把這五十兩命根，並著兩件衣服，一包兒撈去。《石點頭‧第十一回》

### 3. 裹

《說文·衣部》：「裹，纏也。」本是纏束、包裹義，由此語法化為量詞，用於稱量包束的事物，相當於現代漢語中的量詞「包」，如：

（1）發篋笥中，見百餘裹胡粉，大小一積。《情史·卷十》

（2）那著紫衫的人懷裏取出一裹松子胡桃仁，傾在兩盞茶裏。《喻世明言·第三十六卷》

（3）我在客店隔兒家茶坊裏坐地，見店小二哥提一裹爐肉。《喻世明言·第三十七卷》

### 4. 捆

《玉篇·手部》：「捆，織也。」本義為編織，編織時需捆紮使牢固結實，故有用繩子纏束義，語法化為量詞，稱量紮在一起的東西，相當於「束」，明代白話小說中常見，如：

（1）只見沙灘上亂柴二捆，砟刀一把。《今古奇觀·第十四卷》

（2）將了兩個衣服卷做一捆包了，再回客店裏。《水滸傳·第四十五回》

（3）秦瓊帶一干人進府，進儀門，禁子扛兩捆竹片進去。《隋史遺文·第三十回》

（4）不可倚著我是朋友，撞將出來，那時不好認是朋友，要以軍法治之，輕則一捆四十，不是當耍！《于少保萃忠全傳·第十八回》

## （三）堆積類

明代白話小說中統計得到堆積類量詞共 4 個：堆、坯、聚、垛。

### 1. 堆

《廣韻·灰韻》：「堆，聚土。」本義是堆積在一起的東西，由此語法化為量詞，稱量成堆的東西，現代漢語中亦沿用，明代白話小說中「堆」可以稱量柴火、包裹、黃土等具體事物，如：

（1）忽見廟門首一個乞兒吹著一堆韜柴火，煨著一個砂罐。《鼓掌絕塵·第十九回》

（2）盤古冢，煬帝墳，聖主昏君，總在土饅頭一堆包裹。《石點頭‧第十一回》

（3）次早，著令有司往視，惟見黃土一堆，草木蔥鬱，掘未數尺，則冢頭一碑，上鐫著：「晉卞壺之墓」五字。《英烈傳‧第六十回》

也可以稱量煙、灰燼等，如：

（4）青黛染成千片石，絳紗籠罩萬堆煙。《檮杌閒評‧第二十七回》

（5）眼見得冷一姐做了一堆灰燼。《醋葫蘆‧第二十回》

還可以稱量聚在一起的人，如：

（6）那些左鄰右舍，並過往的人，頃刻就聚上一堆。《石點頭‧第四回》

（7）子牙大怒：「賤人女流，焉敢咬侮丈夫！」二人揪扭一堆。《封神演義‧第十五回》

明代白話小說中「堆」可以加詞綴「兒」，還可以用於「一AA」式，如：

（8）馬元蹲在一堆兒，只叫「老師饒命」！《封神演義‧第六十一回》

（9）牆垣坍塌，一堆堆破瓦殘磚。《鼓掌絕塵‧第二十三回》

## 2. 坯

《說文‧土部》：「坯，丘再成者也。」指未燒過的磚瓦或陶器，後特指土坯，由此語法化為量詞，多稱量土，相當於「塊」「堆」，明代白話小說中罕見，如：

（1）千古英雄兩坯土，暮雲衰草倍傷神。《水滸傳‧第一百回》

## 3. 聚

《說文‧似部》：「聚，會也。」其本義是會聚，由此語法化為量詞，稱量聚集在一起的事物，相當於「堆」，魏晉南北朝已見，明代沿用，較罕見，如：

（1）啟視，無復前形，惟敗血二聚，臭穢不可近。《情史‧卷十一》

## 4. 垛

唐玄應《一切經音義》：「積土曰垛。」可見「垛」有「堆積」之義，語法化為量詞，稱量成堆的東西，如：

（1）至園東，忽見牆外樓上有一女子，憑窗而立，貌若天人，只隔得一垛牆，差不得多少遠近。《二刻拍案驚奇·卷九》

（2）那下處一帶兩間，兄弟各住一間，只隔得中間一垛板壁。《二刻拍案驚奇·卷三十七》

明代白話小說中還常和詞綴「兒」連用，如：

（3）討了二十文當三錢，一垛兒將來。《水滸傳·第十二回》

（4）一直徑到一個酒店中，依然把三百個錢做一垛兒先付與酒家。《醒世恒言·第三十七卷》

## （四）分合類

明代白話小說中統計得到分合類量詞共 3 個：分、停、份。

## 1. 分 1

《說文·八部》：「分，別也。」即分開、分割義，語法化為量詞時，稱量事物的一部分，在明代白話小說中，用來稱量錢財、家私、飯食等具體事物，如：

（1）往江頭挑擔柴去賣，賺得幾分銀子，也是好的。《歡喜冤家·第八回》

（2）一朝有個售主，自然要長幾分利息。《醋葫蘆·第六回》

（3）把家私做三分分開：女兒、侄兒、孩兒，各得一分。《初刻拍案驚奇·卷三十八》

（4）我教當直的每日另買一分肉菜供給他兩口。《今古奇觀·第二卷》

稱量光景、手段、本事等抽象事物，如：

（5）看官們像也諒著七八分的光景，那些娶兩頭、大七大八、一妻一妾。《醋葫蘆·第一回》

（6）你曉得我平日也有幾分手段的。《禪真逸史·第二十四回》

（7）只是這邪魔也有一分本事，必須得個降他的寶貝。《東度記·第四十一回》

（8）那女子雖然村妝打扮，頗有幾分姿色。《今古奇觀·第三卷》

「分」還可以加詞綴「兒」，如：

（9）賤恙頗覺有一分兒好意，只是心裏熱焦焦的過不得。《禪真逸史·第四回》

### 2. 停

《說文·高部》：「亭，民所安定也。」本義是古代路旁供停留食宿之處或邊境崗亭，引申有平均、調和義，由此語法化為量詞，稱量平均分配後的一部分，多作「停」，隋唐五代始見，〔註2〕明代沿用，如：

（1）收拾敗軍，三停又折一停，只等羅平後軍消息。《喻世明言·第二十一卷》

（2）三停人馬：一停落後，一停填了溝壑，一停跟隨曹操。《三國演義·第五十回》

（3）小人把段箱，兩箱並一箱，三停只報了兩停，都當茶葉馬牙香。《金瓶梅·第五十九回》

還可以稱量長度，如：

（4）他見孩兒生得五官周正，三停平等。《西遊記·第四十二回》

（5）那傳道者都是金吾衛士，直場排軍，身長七尺，腰闊三停。《金瓶梅·第七十回》

（6）那個人生得身長七尺，膀闊三停。《初刻拍案驚奇·卷八》

### 3. 份

《說文·八部》：「分，別也。」即分開義，由此語法化為量詞，後多增加形符作「份」字，為明代新興量詞，稱量成組的東西或整體的一部分，如：

（1）遂叫御廚將越國所貢鮮蚱造三份醒酒湯來。《東西晉演義·

---

〔註2〕李建平：《隋唐五代量詞研究》，濟南：山東人民出版社，2016年，第73頁。

第十九回》

（2）一班兒都是我朝夕吃酒吃茶之處，把這一份散與各家用度，下次好擾他，余二份，大眾要的各自來搶。《三教偶拈·濟顛羅漢淨慈》

（3）我年大了，無多田產，日後恐怕大的二的爭竟，預先分為兩份。《今古奇觀·第五卷》

## （五）其他類

其他類量詞與其他四類量詞聯繫較少，統計得到 13 個：挑、窩、掛、駄、編、弄、些、注、擔、起、抹、進、撥。

### 1. 挑

《說文·手部》：「挑，撬也。」即挑動、挑撥義，由此引申指用肩擔，進一步語法化為集體量詞，稱量成挑的事物，為明代新興量詞，如：

（1）見說養了兒子，道是自己骨血，瞞著家裏，悄悄將兩挑米、幾貫錢，先送去與他吃用。《二刻拍案驚奇·卷十》

（2）覆爺，紫草一十二挑，倍算一百二十挑，每挑值價若干。《醋葫蘆·第十回》

（3）只是鋪中一十二挑，並不曾賣過半擔。《醋葫蘆·第十回》

（4）阿寄這載米，又值在巧裏，每一挑長了二錢，又賺十多兩銀子。《今古奇觀·第二十五回》

### 2. 窩

《新方言·釋宮》：「凡鳥巢曰窩；雞犬棲處亦曰窩。」本指動物巢穴，後也指人聚集之處，語法化為量詞，稱量成團的東西或一次出生的動物，宋元已見，明代白話小說中多稱量草、水、髮髻等成團的東西，如：

（1）門外茅簷邊側，鋪著一窩亂草，一個頭陀盤著雙膝在上打坐，面前攏一卷經典。《三隧平妖傳·第十回》

（2）下得急了，順坐傍張開巨口，流一窩清水，重新又吃。《隋史遺文·第二十七回》

（3）霧鬢雲鬟，簇擁一窩高髻。《七十二朝人物演義·卷十三》

（4）淡淡青山兩點春，嬌羞一點口兒櫻，一梭兒玉一窩雲。《情史·卷四》

明代白話小說中，「窩」還可以加詞綴「子」，如：

（5）卻養他一窩子吃死飯的。《今古奇觀·第二十五卷》

### 3. 掛（卦）

《廣韻·卦韻》：「掛，懸掛。」由此語法化為集體量詞，稱量成串或可以懸掛的事物，為明代新興量詞，如：

（1）那個細兒，每個銜著一掛寶珠牌兒，十分奇巧。《金瓶梅·第九十五回》

（2）四盤蜜食，四盤細菓，兩掛珠子弔燈。《金瓶梅·第四十一回》

字又可寫作「卦」，如：

（3）聞兄，據我等觀趙道兄光景，不是好事，想有人暗算他的，取金錢一卦，便知何故。《封神演義·第四十八回》

### 4. 馱

《說文新附·馬部》：「馱，負物也。」本為牲口馱物之義，由此語法化為量詞，用於計量牲畜所馱載的物品，隋唐五代已見，明代沿用，如：

（1）乃裝金銀羅錦二十馱，命仙客：「易服押領，出開遠門，覓一深隙店安下。」《情史·卷四》

（2）把莊裏一應有的財賦，捎搭有四五十馱，將莊院門一把火燒了。《水滸傳·第五十回》

### 5. 編

《說文·糸部》：「編，次簡也。」本義為編次簡牘，語法化為量詞，稱量所編的簡牘，後泛化，用於各類書籍，明代白話小說中較罕見，如：

（1）坐語間，顧見几上文一編，就視之，目曰《秦學士詞》。《情史·卷六》

### 6. 弄

《說文·廾部》：「弄，玩也。」引申有奏樂、演奏義，語法化為動量詞，

演奏一遍為一弄，又有集體量詞一套之義，可指衣物等的一套，為明代新興用法，在明代白話小說中作集體量詞用時多與詞綴「兒」搭配使用，如：

（1）他有滾身上一弄兒家活。《金瓶梅·第五十二回》

（2）那日穿著一弄兒輕羅軟滑衣裳。《金瓶梅·第九十回》

7. 些

《廣韻·麻韻》：「些，少也。」語法化為量詞，稱量數量不定的事物，宋元已見，在明代白話小說中可以稱量具體的東西，如：

（1）是一個中形白面，一些髭鬚也沒有的。《初刻拍案驚奇·卷五》

（2）不可與他一些湯水吃！《醋葫蘆·第十回》

也可以稱量抽象的事物，如：

（3）漫山遍野，無處不到，並無一些下落。《初刻拍案驚奇·卷五》

（4）可見世間刑獄之事，許多隱昧之情，一些造次不得的。《二刻拍案驚奇·卷二一》

（5）總是象為之耕，鳥為之耘，也不能一些美滿。《醋葫蘆·第七回》

還可以用於「一AA」形式，如：

（6）如白翹包裹，看不見洞外一些些子，想洞外看著洞中，亦如此矣。《三隧平妖傳·第二回》

8. 注（主）

《說文·水部》：「注，灌也。」即灌入、灌注義，由此語法化為量詞，隋唐五代已見，明代白話小說中多稱量銀子、錢財等，如：

（1）帶著一注銀子。《醋葫蘆·第十四回》

（2）吾愛陶先在鄉里之中，白採了一大注銀子。《石點頭·第八回》

（3）還要他一注大財鄉，殼你下半世快活。《今古奇觀·第十五卷》

還可以稱量東西、生意等抽象的事物，如：

（4）一日商議要大尋一注東西。《今古奇觀‧第二十六卷》

（5）一注生意，添銀的決要添，饒酒的決不肯饒，要賣不賣的，十注倒九不成。《型世言‧第三卷》

還可以加詞綴「子」和「兒」，如：

（6）說猶未了，早暖了一注子酒來。《水滸傳‧第二十四回》

（7）索性賣一千畝，討價三千餘兩，又要一注兒交銀。《今古奇觀‧第二十五卷》

此外，字還可以寫作「主」，如：

（8）平空地有此一主財爻，可見人生分定，不必強求。《今古奇觀‧第九卷》

（9）當初要為這逆子做親，負下了這幾主重債，年年增利，囊橐一空。《初刻拍案驚奇‧卷十三》

### 9. 擔

《說文‧人部》：「儋，何也。」清段玉裁注：「儋，俗作擔。」即「擔」，由動詞義引申為名詞扁擔義，語法化為量詞，稱量成擔的東西，明代白話小說中「擔」稱量對象十分廣泛，可以稱量薑、柴、銀子、對象等，如：

（1）東處買薑三五擔，西鄉買蒜幾舡艙。《東度記‧第五十三回》

（2）挑了一擔大柴，送到趙婆家裏來。《禪真逸史‧第六回》

（3）將這擔銀子拖到一個深草叢中藏了。《歡喜冤家‧第二回》

（4）一擔對象，可代他挑了來。《歡喜冤家‧第二回》

還可以稱量油、唾沫等，如：

（5）若扳得各房頭做個主顧，只消走錢塘門這一路，那一擔油盡勾出脫了。《今古奇觀‧第七卷》

（6）被人做一萬個鬼臉，唾幹了一千擔吐沫，也不為過，那個信他？《喻世明言‧卷十八》

還可以稱量俸祿，如：

（7）官還舊職，國戚新增，每月加俸二千擔，顯慶殿筵宴三日，眾百官首相慶賀皇親，誇官三日。《封神演義·第四回》

也可以稱量抽象事物，如：

（8）一擔新愁挑著去，謾勞枕上自熬煎。《國色天香·搗練子》

量詞「擔」可以加詞綴「兒」，如：

（9）洒家今來收得一擔兒錢物，待回東京去樞密院使用，再理會本身的勾當。《水滸傳·第十二回》

（10）把花柳情懷一擔兒挑在他身上。《今古奇觀·第五卷》

## 10. 起₂

《說文·走部》：「起，能立也。」本義是起立，由此引申有發生、產生之義，由此語法化為量詞，主要用於稱量人，相當於「群」，如：

（1）不知那裏來的一起人，在此胡鬧！《檮杌閒評·第四回》

（2）州主見了大怒，叫左右打這一起刁民。《東度記·第九十八回》

（3）有這一夥念佛的老者，和一起尼姑。《禪真逸史·第五回》

（4）匡家一起人犯，今解在何處？《弁而釵·第三回》

還可以稱量妖魔、軍馬等，如：

（5）乃赤練村降來的一起混世妖魔。《檮杌閒評·第十回》

（6）忽前面征塵蔽天，一起軍馬來到。《大宋中興通俗演義·第二十五回》

## 11. 抹

《玉篇·手部》：「抹，抹殺，滅也。」本為磨滅、抹殺義，引申為塗抹，語法化為量詞，稱量塗抹後的結果，隋唐五代已見，具有較強的形象色彩，明代白話小說中沿用，如：

（1）低頭想是思張敞，一抹羅紋巧簇春。《國色天香·尋芳雅集》

（2）半抹曉煙籠芍藥，一泓秋水浸芙蓉。《情史·卷十三》

（3）只修眉一抹有無中，遙山色。《楊家府通俗演義·第六卷》

（4）瓦耀千鱗淺碧，欄搖一抹微紅。《遼海丹忠錄・第六回》

### 12. 進

《說文・辵部》：「進，登也。」本義為向前、向上移動，由此引申指房屋前後的層次，進一步語法化為稱量房屋的量詞，一排為一進，為明代新興量詞，如：

（1）一層層深閣瓊樓，一進進珠宮貝闕。《西遊記・第一回》

（2）那知方氏所居，只有三進房屋。《石點頭・第四回》

（3）到了午後，福來尋了一間平屋，倒有兩進，門前好做坐起，後邊安歇。《歡喜冤家・第八回》

### 13. 撥

《說文・手部》：「撥，治也。」本義為治理，由此引申有分撥義，進一步語法化為量詞，相當於「批」「夥」，如：

（1）將下山打祝家莊頭領分作兩起，頭一撥宋江、花榮……帶領三千小嘍羅，三百馬軍，被掛已了，下山前進。第二撥便是林沖、秦明……隨後接應。《水滸傳・第四十六回》

## 二、叢簇狀集體量詞

明代白話小說中統計得到叢簇狀量詞 2 個：叢、簇。

### 1. 叢

《說文・丵部》：「叢，聚也。」本義為聚集，語法化為量詞，稱量聚集在一起的人或物，明代白話小說中可以稱量聚在一起的人、妖等，如：

（1）早飯罷不多時，公又見一叢人圍繞昨日那僧，仍在此處相面。《于少保萃忠全傳・第一回》

（2）漸漸近於門口，又見一叢大大小小的雜項妖精，在那花樹之下頑耍。《西遊記・第八十九回》

也可以稱量成簇聚集的植物，如：

（3）忙回頭看時，卻是一叢亂黃荼，將裙子抓住。《隋煬帝豔史・第十二回》

（4）近側有個人家，面湖而住，金漆籬門，裏面朱欄內，一叢細竹。《醒世恒言·第三卷》

還可以稱量聚集在一起的事物，如：

（5）那簇黃旗後，便是一叢炮架，立著那個炮手轟天雷凌振，引著副手二十餘人，圍繞著炮架。《水滸傳·第七十六回》

（6）一叢戰馬之中，簇擁著護駕將軍丘嶽。《水滸傳·第八十回》

量詞「叢」的「AA」式和「一AA」式重疊在明代白話小說中得到使用，如：

（7）猛地裏起一陣怪風，佛堂門無故自開，倏地一聲響，見黑叢叢區大一個蝙蝠。《禪真逸史·第十七回》

（8）一叢叢也有談笑的。《檮杌閒評·第二十二回》

## 2. 簇

《玉篇·竹部》：「簇，小竹也。」引申為聚集義，語法化為量詞，稱量聚集在一起的事物，明代白話小說中主要用於稱量人，如：

（1）行不一箭之地，只見一簇人挨挨擠擠的，不知看些甚麼故事。《醋葫蘆·第二回》

（2）遠遠望見一簇人家，人龍問船戶：「來多少路了？」《歡喜冤家·第十六回》

（3）你看那一簇眾生之內，綁縛二人，紅氣沖宵，命不該絕。《封神演義·第九回》

也可以稱量車、轎子等，如：

（4）鬧嚷嚷春景無涯，近一簇香車，遠一簇香車。《國色天香·劉生覓蓮記》

（5）頻日不見其來，又等至次日，忽見塵頭起處，一簇轎馬，約有千人，飛奔前來至近。《東西晉演義·第三三七回》

還可以稱量其他成簇的東西，如：

（6）一簇翠煙，畫舫玉驄。《情史·卷二十一》

（7）迷香洞裏，擺開一簇胭脂。《螢窗清玩·第二卷·玉管筆》

量詞「簇」的「AA」式和「一AA」式重疊在明代白話小說中有所使用，如：

　　（8）簇簇瑤花飛絮，紛紛玉屑飄空。《鼓掌絕塵・第三十一回》

　　（9）兩邊踢球、跌搏、說書、打拳的無數人，一簇簇各自玩耍。《檮杌閒評・第十七回》

## 三、線狀集體量詞

明代白話小說中統計得到線狀量詞共 10 個：行、隊、串、簽、牙、縷、絡、溜、排、綜。

### 1. 行

《爾雅・釋宮》：「行，道也。」本義為道路，引申為行列義，由此語法化為量詞，稱量成行的東西，明代白話小說中用於稱量成行的動物、人、妖等，如：

　　（1）抬頭一看，卻是一行歸雁。《醋葫蘆・第四回》

　　（2）也依擬上去，擇日將一行人解到午門外。《檮杌閒評・第二十三回》

　　（3）到王則帳前，提了一行妖人。《三遂平妖傳・第四十回》

還可以稱量文字、題目等，如：

　　（4）見一大樹，刮去了皮，一片白，上寫兩行字。《水滸傳・第二十三回》

　　（5）都是親身進去，兩次卷子，單單只寫得一行題目，這也是人情到了。《鼓掌絕塵・第三十五回》

　　（6）白紙朱批，生扭出幾行條例。《檮杌閒評・第八回》

也用於稱量眼淚，如：

　　（7）成珪說話間，假流出兩行珠淚道：……《醋葫蘆・第五回》

　　（8）縱墮千行淚，焉知傷感情。《鼓掌絕塵・第九回》

用於稱量樹木等成行排列的事物，如：

　　（9）朱公走到二門內，見兩行松翠，陰陰無數，花香馥馥。《檮杌閒評・第一回》

（10）坍塌地壚，擺缺綻一行瓶罐。《二刻拍案驚奇・卷三十七》

在明代白話小說中，還常用來稱量生意、買賣等抽象事物，如：

（11）你道他專做的是那一行生意？《西湖二集・第十六卷》

（12）一百二十行經商買賣，諸物行貨都有。《水滸傳・第三回》

（13）他又自一身入官府差遣，因此搬了這行衣飯。《水滸傳・第四十四回》

量詞「行」的「AA」式重疊也在明代小說中得到運用，如：

（14）行行種種，無非攀愁送恨之情。《情史・卷二十一》

## 2. 隊

《玉篇・阜部》：「隊，部也，百人也。」是集體的編制單位，語法化為量詞，用於稱量成群或成列的人和物，明代白話小說中用於稱量軍隊、人馬等，如：

（1）這一邊打一面黃旗，隨著一隊金盔勇士。《七十二朝人物演義・卷三十六》

（2）一日，於武安臨水傭田，偶遇一隊遊兵經過，怪勒不避，執擁而去。《東西晉演義・第七十三回》

（3）乃一面發出大隊人馬，一面遣部將何千年、高邈引二十餘騎。《混唐後傳・第二十五回》

用於稱量魔鬼、動物，如：

（4）一隊妖魔來世界，數群虎豹入山林。《今古奇觀・第十六卷》

（5）那羊都齊齊擺開，分為三隊。《禱杌閒評・第六回》

量詞「隊」的「一AA」式重疊得到使用，如：

（6）鬧嚷嚷鹿與猿，一隊隊獐和麂。《西遊記・第十三回》

## 3. 串

《正字通・丨部》：「串，物相連貫也。」本義是將物品串聯起來，由此語法化為量詞，明代白話小說中用於稱量成串的珠子，如：

（1）只見營外來一道人，身不滿八尺，面如瓜皮，獠牙巨石，身穿大紅，頸上帶一串念珠，乃是人之頂骨。《封神演義·第六十回》

（2）漆盒中放一串金鋼子，百零八粒。《鼓掌絕塵·第三十三回》

（3）又要一付九鳳鈿銀根兒，一個鳳口裏銜一串珠兒。《金瓶梅·第九十五回》

因銅錢常用線穿在一起，故「串」也可以稱量成串的錢，如：

（4）就把手腰間去摸出一串錢來道：「該多少，都是我還了就是。」《初刻拍案驚奇·卷四》

（5）這一串錢，胡亂拿回家去，買頓點心，只恨窮教讀，不能十分加厚。《三遂平妖傳·第十九回》

4. 簽

《說文·竹部》：「籤，銳也。」「簽」由此引申為名詞籤子義，用竹木或鐵絲製成的尖細棍子，由此語法化為量詞，元代文獻已見，明代白話小說中常用於稱量紙錢，如：

（1）既如此，我日前家中做功德超薦於我，蒙閻君擢我為槓死城主者，我今有錢數簽，你眾鬼抬兩簽去分罷。《咒棗記·第十三回》

（2）主者乃叫著那些枉死之鬼去抬著兩簽黃錢。《咒棗記·第十三回》

（3）再化了兩簽冥錢，一角公文，直差符使遞送至枉死城中，交還鄭德翁主者。《咒棗記·第十四回》

5. 牙

《說文·牙部》：「牙，壯齒也。」本義為大牙，語法化為量詞，稱量鬍子，相當於「綹」，是明代新興的量詞，明代白話小說中常稱量鬚髮，如：

（1）三牙掩口髭鬚，瘦長膀闊。《水滸傳·第三十二回》

（2）團團的一個白臉，三牙細黑髭髯。《水滸傳·第五十七回》

（3）年紀不上四旬，生的明眸皓齒，三牙鬚。《金瓶梅·第五十八回》

## 6. 縷

《說文·糸部》：「縷，線也。」本義是細長的線，語法化為量詞，稱量細長狀物體，唐代已見，明代沿用，在明代白話小說中用法較廣泛，可以稱量頭髮等細長事物，如：

（1）即脫指上玉記事一枚、繫青絲髮一縷與生。《國色天香·尋芳雅集》

（2）又對媽媽說：「你可剪下一縷頭髮來。」《貪欣誤·第五回》

稱量藤蔓、麻線等細長的物體，如：

（3）見一座崑崙山腳下，有一縷仙藤，上結著這個紫金紅葫蘆。《西遊記·第三十五回》

（4）幾曾割捨得撇下一塊舊布頭，一縷粗麻線。《鼓掌絕塵·第三十一回》

稱量磷火、香煙、春光等景象，如：

（5）朱紅口嘴，噴幾縷碧澄澄磷火。《醋葫蘆·第十五回》

（6）早見爐中一縷香煙，已嫋嫋而起。《三隧平妖傳·第九回》

（7）暮蟬數咽，野鳥一鳴，萬縷春光，心怡意適。《情史·卷二十一》

還可以稱量愁思等較抽象的心理狀態，如：

（8）那老嫗惟有血淚千行，愁腸一縷，那裏回報得出。《英烈傳·第七十二回》

（9）相逢荷目成，愁緒千萬縷。《情史·卷十八》

「縷」還可以用在「AA」形式中，如：

（10）香篆嫋風清縷縷，紙窗明月白團團。《今古奇觀·第六十五卷》

## 7. 絡（柳）

《說文·糸部》：「絡，緯十縷為絡。」語法化為量詞，稱量絲、線、髮、鬚等線狀物，一絡即一束，唐代已見，用於稱量頭髮，明代白話小說中「絡」可以稱量頭髮、髭鬚，如：

（1）你想世上三綹梳頭，兩截穿衣。《石點頭・第十二回》

（2）且生得眉清目秀，齒白唇紅，傅粉的臉，三綹的髭鬚。《咒棗記・第七回》

字亦作「柳」，如：

（3）我要你頂上一柳兒好頭髮。《金瓶梅・第十二回》

（4）惟應伯終是一柳五色線，上穿著十數文長命錢。《金瓶梅・第三十一回》

## 8. 溜

《說文・水部》：「溜，水。出鬱林郡。」古代水名，引申指水流，由此語法化為量詞，用來稱量成條、成排的事物，宋元已見，到明代用法靈活，更加成熟。

稱量成排的事物，相當於「排」，如：

（1）上面跐著兩溜字兒。《金瓶梅・第八十二回》

（2）臺基上靛缸一溜，打布凳兩條。《金瓶梅・第七回》

稱量成條的事物，相當於「條」，如：

（3）都是奴旋剪下頂中一溜頭髮。《金瓶梅・第十九回》

（4）周圍撇一溜小簪兒，耳邊戴著金丁香兒。《金瓶梅・第六十八回》

（5）初來時，是一條黑胖漢，後來就變做一個長嘴大耳朵的呆子，腦後又有一溜鬃毛，身體粗糙怕人。《西遊記・第十八回》

還可以虛指，如：

（6）祝家莊上一溜鑼響。《水滸傳・第五十回》

此外，在明代白話小說中，「溜」稱量「風」「煙」等已經成為固定用法，「一溜風」「一溜煙」等用來形容時間短暫，如：

（7）與兄弟說知，一溜風去了，方可免禍。《歡喜冤家・第二十一回》

（8）進忠只得放他起來，秋鴻一溜煙去了。《檮杌閒評・第十三回》

9. 排

《說文・手部》:「排,擠也。」本是動詞推義,引申有排列、編排義,也可指排成的行列,由此語法化為集體量詞,明代白話小說中稱量成排的事物,如:

（1）若以大船小船各皆配搭,或三十為一排,或五十為一排。《水滸傳・第四十七回》

（2）教把船都放入閘港,每三隻一排釘住。《水滸傳・第七十九回》

（3）鄔文化一排扒木打下來,龍鬚虎閃過,其釘打入土有三四尺深。《封神演義・第九十一回》

還可以用於「AA」式和「一AA」式重疊,如:

（4）宋江先跪,後面眾頭領排排地都跪下。《水滸傳・第六十二回》

（5）劉岑領了旨意,隨即製造起三十隻木鵝,從上流頭一排排放將下去。《隋煬帝豔史・第二十八回》

10. 綜

《易・繫辭上》:「錯綜其數。」即總集、聚合之義,由此語法化為集體量詞,相當於「綹」「束」,為明代新興量詞,但用例較少,如:

（1）約得百兩,便熔成一大錠,把一綜紅線結成一條,繫在錠腰,放在枕邊。《初刻拍案驚奇・卷一》

## 四、其他類

明代白話小說中統計得到線狀量詞共 6 個:圈₁、窪、陌、泓、灘、攤。

1. 圈₁

《說文・口部》:「圈,養畜之閑也。」本義是養動物的圈,語義泛化指環形事物,由此語法化為集體量詞,稱量環繞一周的事物,為明代新興量詞,如:

（1）須臾,哄圍了一圈人。《金瓶梅・第十五回》

（2）一日或殺牛一頭二頭,或剮羊三隻四隻,或宰豬五圈六圈。《咒棗記・第一回》

（3）子思想道：吾得居於此足矣，看這一圈頹垣尚可修葺，此
乃天助吾也。《七十二朝人物演義·卷之九》

（4）高阜處，大大一圈精緻莊房，已非郭令公故業。《三隧平
妖傳·第十三回》

## 2. 窪

《玉篇·水部》：「窪，牛蹄跡水也。」即小水坑，由此語法化為集
體量詞，多用於水、血等液體，相當於「汪」，如：

（1）正是一窪死水全無浪，也有春風擺動時。《金瓶梅·第十
七回》

（2）果然見沒了氣兒，身底下流血一窪。《金瓶梅·第六十二
回》

（3）貝州乃一窪之地，能有多少人馬，如何卻輸與他？《三隧
平妖傳·第四回》

## 3. 陌

「陌」通「佰」，《玉篇·人部》下「佰」詞條注云：「仟謂千錢，佰謂百錢。」
為計算錢數的單位，錢一百為「陌」，明代白話小說中多用來稱量紙錢，如：

（1）明日晚間，待我備一陌紙錢過來奠你。《醋葫蘆·第八回》

（2）遂燒一陌利市紙，重新整點起來。《西湖二集·第十三卷》

（3）老夫提一陌紙錢，往墳前燒化。《今古奇觀·第十九卷》

## 4. 泓

《說文·水部》：「泓，下深貌。」本義是水深廣的樣子，由此語法化為量
詞，相當於「道」，主要用來稱量水，唐代已見，在明代白話小說中也稱量
「水」，如：

（1）半抹曉煙籠芍藥，一泓秋水浸芙蓉。《情史·卷十三》

（2）心忙意亂，勒馬進得鼓樓巷時，只見白茫茫一泓清水，那
裏有一間廳堂，半椽樓房？《韓湘子全傳·第二十六回》

（3）路列著幾樹槐陰，面對著一泓塘水。《三遂平妖傳·第九
回》

### 5. 灘

《廣韻·寒韻》:「灘,水灘。」由水中沙石堆義引申為水退顯露的淤積平地,由此語法化為量詞,稱量成灘的東西,明代白話小說中用於稱量鮮血,如:

(1)到五更時分,那不便腎囊,腫脹破了,流了一灘鮮血。《金瓶梅·第七十九回》

### 6. 攤

《說文新附·手部》:「攤,開也。」語法化為量詞,表概量,多稱量有坍塌、攤開義的凌亂之物,猶「堆」,如:

(1)矮矮三間殿屋,低低兩下廂房,周圍黃土半攤牆,門扇東歪西放。《韓湘子全傳·第二十一回》

## 第二節 非外形特徵類集體量詞

明代白話小說中非外形特徵類集體量詞共 29 個,分特約類和專指類兩大類,特約類量詞稱量數量確定的事物,專指類量詞則用於專指對象的數量,詳述如下。

### 一、特約類集體量詞

特約類量詞是指由約定俗成的、具有特約含義的量詞,主要依賴於人與事物之間的約定性,因此該類量詞往往與約定俗成的社會制度密切相關,也會因為特定制度或約定的轉換而影響量詞系統的興替或消亡。明代白話小說中特約類集體量詞一共有4個:刀、對、雙、緔。

### 1. 刀

《說文·刀部》:「刀,兵也。」語法化為稱量紙張數量的量詞,通常以一百張為一刀,也有以二十五張、七十張為一刀的,可能源自一刀所切紙張的數量,如:

(1)西門慶看了帖子,上寫著「鮮豬一口,金酒二尊,公紙四刀,小書一部」,下書「侍生宋喬年拜」。《金瓶梅·第五十一回》

### 2. 對

《說文・丵部》:「對,應無方。」本義是回答、應對,引申為成對之義,語法化為量詞,稱量數量成對的人或物,明代白話小說中可以稱量成對的人,如:

(1)雖稱一對新人,錦繡衾中,各出兩般舊物。《歡喜冤家・第三回》

(2)這句句都是老夫人親口說的,我兩個免不得是一對花燭夫妻。《鼓掌絕塵・第二十四回》

也可以稱量成對的動物,如:

(3)石下生幾朵奇花,花外繞一派流水,水中飛一對翠羽鳥兒。《醋葫蘆・第十五回》

(4)兩條龍競寶,一對虎爭餐。《檮杌閒評・第二十一回》

還可以稱量其他成雙成對的事物,如:

(5)又替他添上一對金花,兩匹綵緞,並鵝酒果盒之類。《石點頭・第一回》

(6)走過一條街,忽見一對紅棍,二三十個軍牢,擁著一個騎馬的太監,急急行來。《混唐後傳・第八十回》

(7)隨上樓取了一對金釵,一對金鐲,又取了三錢銀子代飯。《歡喜冤家・第三回》

明代白話小說中「對」多用「AA」和「一AA」式,如:

(8)雙雙粉蝶宿花叢,對對遊蜂穿柳砌。《國色天香・張于湖傳》

(9)只見一對對執事兩班排立,後面青羅傘下,蓋著有才有智的滕大尹。《今古奇觀・第三卷》

### 3. 雙

《說文・雔部》:「雙,隹二枚也。」本指鳥兩枚,引申為量詞,稱量成雙成對的東西。明代白話小說中可稱量天然成雙的事物,如成對的人體器官,且稱量人體器官時常常省略數詞,如:

（1）長大成人，倘得書香一脈，也好接我蟬聯，真不枉識英雄的一雙慧眼。《鼓掌絕塵·第一回》

（2）成珪也不推醒翠苔，只把雙藕芽般的腿兒擘開。《醋葫蘆·第七回》

（3）說罷，撲的雙膝跪下，如搗蒜一般，磕一個不止。《石點頭·第十四回》

還可以稱量成對的鞋子、衣服等，如：

（4）他即忙走到別房頭，悄悄偷了一雙大大女鞋與丘客穿了。《歡喜冤家·第四回》

（5）一雙大紅灑花褶衣；兩副絲帶；兩副玉紐扣。《檮杌閒評·第四回》

稱量其他成雙配對的事物，如：

（6）白紙壁掛一幅美人圖畫，紅羅帳繫一雙線佶牙鉤。《鼓掌絕塵·第三十三回》

（7）二子多才騏與驥，一雙白璧南金。《醋葫蘆·第一回》

（8）劉嬌郎就拿起一雙箸劈頭打去，打得沉俊郎眼上青腫腫的。《咒棗記·第九回》

稱量配對的動物、人，如：

（9）忽見大蝶一雙飛來，紅翅黃身，黑鬚紫足，且是好看。《初刻拍案驚奇·卷二十四》

（10）弟子一雙父母，子作突殃，遺累父母，其心何安。《封神演義·第十三回》

在明代白話小說中量詞「雙」常用「AA」重疊式和「一AA」式，如：

（11）雙雙白鶴長鳴，兩兩鴛鴦交頸。《禪真逸史·第十七回》

（12）炮聲喃處，西岐門開，一對對英雄似虎，一雙雙戰馬如飛，左右列各洞門人。《封神演義·第六十三回》

值得注意的是「雙」的「AA」重疊式前一般只加數詞「一」，很少與其他數詞搭配，在明代白話小說中我們還發現了與數詞「兩」搭配的例子，應是在語境中為與上文呼應而使用的，如：

（13）山岡上牧笛頻吹，一個個騎牛回去；石磯邊漁歌齊唱，

兩雙雙罷釣歸來。《鼓掌絕塵・第七回》

「對」「雙」都是雙數義的集體量詞，但二者有區別。「『對』多指按性別、正反、左右等配合的『雙數』的人、動物或事物。」〔註3〕而「雙」稱量的對象一般是成對使用或左右對稱的人體器官。

### 4. 緉

《說文・糸部》：「緉，履兩枚也。」古代計算鞋子的單位，相當於「雙」，在明代白話小說中只用來稱量鞋襪，如：

（1）次日遂叫春鴻送出青苧絲履一雙、綾襪一緉為贈，並書一

封道：……《西湖二集・第二十七卷》

（2）手製粗鞋一雙、綾襪一緉，聊表微意，庶履步所至，猶妾

之在足下也。《西湖二集・第二十七卷》

## 二、專指類集體量詞

專指型集體量詞是專用於特定類別對象的量詞，語法化中的語義滯留決定了量詞稱量對象的範圍，明代白話小說中專指類量詞共 25 個，分為群體類、套組類、家庭類、其他類四個子類，分述如下。

### （一）群體類

群體類專指量詞在明代白話小說中共有 10 個：群、夥、干、班、黨、輩、標、幫、眾、部。

### 1. 群

《說文・羊部》：「群，輩也。」本為朋輩義，由此語法化為量詞，稱量聚集在一起的人或物，明代白話小說中用法保持穩定，如：

（1）一隊妖魔來世界，數群虎豹入山林。《今古奇觀・第十六

卷》

（2）這一回螻蟻百萬受災危，雞犬千群遭劫難。《鼓掌絕塵・

第三十八回》

---

〔註3〕郭先珍：《「對」與「雙」——現代漢語量詞辨析之一》，《漢語學習》1982 年第 4 期。

（3）垂柳梢棲著幾群鴉鵲，曲砌上鋪著一派草花。《七十二朝
人物演義・卷二十六》

（4）又見耶律休哥播動紅旗，妖氣並起，一群陰軍號哭而來，
宋軍各自昏亂。《東遊記・第四十二回》

## 2. 夥

《小爾雅・廣詁》：「夥，多也。」引申有名詞同伴義，用作量詞表示人群，
這種用法一直延續到現代漢語中，可以用於稱量人、妖，如：

（1）不想這張驛丞送楊太守的三百兩銀子，先漏泄了風聲，那
一夥毛賊。《鼓掌絕塵・第三十八回》

（2）見青衣一夥有二十餘人，擁進裏面。《歡喜冤家・第三回》

（3）你這五六人若進洞去，不夠與這夥妖一食點心。《禪真逸
史・第十四回》

在明代白話小說中還可以稱量牛，如：

（4）夏六月間，一行腳僧過於路，見小豎牧一夥牛。《杜騙新
書・第二十一類・僧道騙》

還可以加詞綴「兒」和「子」，如：

（5）他兩個是一夥兒來的，去了一個，那一個也養不住了。《今
古奇觀・第二卷》

（6）若差內官去，又是他們一夥子的人。《檮杌閑評・第八回》

## 3. 干

《說文・干部》：「干，犯也。」這一動作往往涉及多人，故語法化為稱量
人的集體量詞，相當於「群」「夥」，明代白話小說中沿用，如：

（1）皂隸竟把一干人結進。《醋葫蘆・第十九回》

（2）卻說有一干童男童女之鬼，約有五六十個，望見王善就走
將過來。《咒棗記・第十三回》

（3）只見銀安殿三咚鼓哨，一干眾將參謁太師。《封神演義・
第三十九回》

### 4. 班

《說文・珏部》:「班,分瑞玉。」有序列義,語法化為量詞,稱量一個行業的人,後可泛稱一群人,明代白話小說中稱量人,但多帶有貶義,如:

（1）才是男子漢的事業,為何思量親近那一班禿頭狗彘。《醋葫蘆・第五回》

（2）這一班走獸怎麼會得做官?會得做買賣?《韓湘子全傳・第二十回》

還可以稱量動物、妖,如:

（3）另是一班金絲鯉魚,一個魚銜著一個人,照池上一摜,依舊又是那些漢子,遍身水浸得冷颼颼的。《咒棗記・第十三回》

（4）李星君便敍起貝州之事道:這一班妖人,舞弄的術法。《三隧平妖傳・第三十七回》

還可以稱量道理、話語等,如:

（5）被老婆這班後話一傒,漸生疑惑,沉吟不語。《今古奇觀・第十六卷》

（6）阿秀聽了這一班道理,只得依允,便道:「娘,我怎好自去?」《喻世明言・第二卷》

此外,「班」還可以加詞綴「兒」以及用於「一AA」式結構中,如:

（7）帶徐盯甘宇一班兒軍官,並虎賁千餘人,徑往長川。《東西晉演義・第七回》

（8）帥府開門……一班班、一對對、一層層、一個個,都進帥府。《隋史遺文・第十三回》

### 5. 黨

《廣韻・蕩韻》:「黨,輩也。」由此語法化為集體量詞,用於稱量群體,是明代的新興量詞,如:

（1）那孽龍聞得斬了蛇精,傷了許多黨類,心裏那肯干休,就呼集一黨蛟精,約有千百之眾。《三教偶拈・許真君旌陽宮斬蛟傳》

（2）劉福通並了芝麻李一部人馬,又收了毛貴一黨賊眾,縱橫

洶湧，官兵莫擋。《英烈傳‧第四回》

（3）臣聞王則一黨盡是妖人，若人馬少，恐不能取勝。《三隧平妖傳‧第三十五回》

## 6. 輩

《說文‧車部》：「輩，若軍發車百輛為一輩。」本義是車百輛，語法化為集體量詞，在明代白話小說中稱量人，如：

（1）我這一班一輩的人，為你不知受過多少限責。《禪真逸史‧第十一回》

（2）又有一輩婦女，赴庵一次過，再不肯來了的。《初刻拍案驚奇‧卷三十四》

## 7. 標

《說文‧木部》：「標，木杪末也。」本義是樹梢，引申有頂端義，再引申有標杆、旗幟義，語法化為量詞，稱量軍隊、人馬等，相當於「隊」「支」，宋元已見，明代沿用，如：

（1）一聲鑼響，即刻衝出一標人來，兩下廝殺。《英烈傳‧第二回》

（2）左邊衝出一標白衣、白甲、白旗、白號的人馬來，當先一員大將湯和，左邊鄧愈右邊馮勝。《英烈傳‧第十回》

## 8. 幫

《正字通‧巾部》：「凡事物旁助者皆曰幫。」語法化作量詞，可以稱量相關的一群人，相當於「夥」「群」「輩」，是明代新興的量詞，如：

（1）我們五七隻夾做一幫，提鈴喝號，互相巡警最妙。《禪真逸史‧第二十三回》

（2）來至平望，日已落山，大家香船都聯做一幫歇了。《型世言‧第十卷》

明代白話小說中還可以帶詞綴「兒」，如：

（3）誰知被有心的人聽見兩個背地伯成一幫兒算計我。《金瓶梅‧第十二回》

9. 眾₂

《說文・㒸部》：「眾，多也。」本義為許多人，語法化為個體量詞，稱量人，有數量多的意味，由此進一步語法化為集體量詞，明代白話小說中「眾」多用來稱量普通的人，如：

（1）一眾美人見了，都忍不住的咯咯之聲。《歡喜冤家・第十七回》

（2）請著地方原差，一眾鄰舍，謝上差人，酒罷散去。《歡喜冤家・第二回》

（3）一眾人去埋伏在一個林子內，是街上回到古廟必經之地。《今古奇觀・第二十七卷》

王紹新認為「（眾）所量對象多為兩類人：一為軍事人員，⋯⋯另一類是僧侶或佛教徒」，［註4］而在明代白話小說中，集體量詞「眾」可以稱量普通人，相當於量詞「群」「夥」，由此可見，量詞「眾」在使用過程中稱量對象有所泛化，但仍未脫離數量多義。

10. 部

《玉篇・邑部》：「部，分判也。」引申為部分，再引申為種類、類別，語法化為量詞，用來稱量書籍，在明代白話小說中適用範圍較廣。

稱量書籍，如：

（1）歲底許下本寺伽藍船燈一座，又許下經願數部。《禪真逸史・第五回》

（2）分明是一部顛倒姻緣小說。《歡喜冤家・第十六回》

（3）案上擺著幾部古書，壁上掛著一床綿囊古琴。《檮杌閒評・第六回》

稱量鬍鬚，如：

（4）可速與周必大種帝王鬚一部。《西湖二集・第二十四卷》

（5）董天君見一大漢，高三丈有餘，面如重棗，一部落腮髭鬚，四隻眼睛，甚是兇惡。《封神演義・第四十六回》

---

〔註4〕王紹新：《隋唐五代的一組稱人名量詞》，《漢語史學報》，上海：上海教育出版社，2004 年。

（6）鬍鬚一部茸而清，狼背熊腰似虎形。《于少保萃忠全傳‧第四回》

稱量車馬、兵卒等，如：

（7）高車兵少，畏戰自潰，因此大破高車三十餘部，獲七萬多口，馬三千餘萬匹。《東西晉演義‧第二九三回》

（8）半日之間，更沒一毫影響，因喚各軍之中，查原隨朱、薛兩部兵卒。《英烈傳‧第六十九回》

（9）又差個心腹太監塗文甫清查戶、工二部錢糧。《檮杌閒評‧第四十七回》

（10）共起兩部甲兵，總計十萬，前往并州。《東西晉演義‧七十六回》

稱量樂曲，如：

（11）會樂府兩籍神仙，梨園四部絃管。《今古奇觀‧第三十六卷》

（12）仙樂一部，嘹嘹亮亮。《咒棗記‧第十四回》

還可以稱量抽象的力氣，如：

（13）回真個好殺，一往一來，一起一倒，用了一部老力。《一片情‧第一回》

稱量青蛙，如：

（14）恁黃昏簾幕重遮，鼓一部青蛙，送一部青蛙。《國色天香‧劉生覓蓮記》

## （二）組套類

明代白話小說中統計得到配套物品類集體量詞共 7 個：副（付）、套、襲、路、床、具、藏。

### 1. 副（付）

《說文‧刀部》：「副，判也。」有分開義，語法化為量詞，稱量成對或成套的事物；明代白話小說中可以用來稱量屏障、棺材等較大的物體，如：

（1）坐一個蒲團，安一副關屏，燒一炷柏子香……息神息思。

《飛劍記‧第五回》

（2）三夫人哭得昏暈了數次，無可奈何，只得買了一副重價的棺木。《初刻拍案驚奇‧卷九》

還可以稱量馬鞍、簡子、花瓶等較小的物體，如：

（3）金馬鞍二副，玄狐、皂貂口子各一件，人參十斛，貂鼠皮十四張。《遼海丹忠錄‧第三十二回》

（4）右肩上背著葫蘆一枝，花籃一個，右手中擎著漁鼓一腔，簡子一副，朝著林尚書的面前唱一闋。《韓湘子全傳‧第二十九回》

（5）置辦黑漆香几一張、古銅爐臺、花瓶一副、交椅立臺等事。《醋葫蘆‧第十五回》

也用於稱量臉蛋，心腹、心肝等，多具抽象意味，如：

（6）不知揭出怎生的一副俏臉兒來？《醋葫蘆‧第八回》

（7）馮吉被他說得一副心腹如火滾一般熱將起來。《歡喜冤家‧第十六回》

（8）所作的文章，就是班孟堅、揚子雲一副心肝想出來的。《飛劍記‧第一回》

明代「副」用法靈活，還用於稱量豬羊、酒量，如：

（9）寫畢，差一員聽事官，打點一副豬羊，在海口祭獻，把這檄焚在海邊。《型世言‧第三十九卷》

（10）一生掙得一副好酒量，悶來時只是飲酒，盡醉方休。《喻世明言‧第五卷》

「副」也常寫作「付」，如：

（11）連忙置辦一付羅擔將金銀滿裝，獨自挑了而行。《歡喜冤家‧第二回》

（12）陳通灑開一張金漆桌兒，替他擺下三付杯箸。《鼓掌絕塵‧第三十三回》

（13）見壁上掛幾付弓箭，床頭懸一口寶劍。《檮杌閒評‧第二十七回》

（14）及到即位，不說換出他一付肝腸，倒越暢快了他許多志

氣。《隋史遺文‧第一回》

## 2. 套

《說文》未收，《漢語大字典‧大部》:「罩在外面的東西。」量詞義由此引申而來，用於稱量搭配成組的器物，明代白話小說中量詞「套」的用法較之前靈活很多。

可以稱量衣服，如:

（1）每人做一套時樣大袖稱意的衣服，與你們便了。《鼓掌絕塵‧第六回》

（2）剛搭識得個福州販椒客人，賺得幾兩銀子、一套衣服。《醋葫蘆‧第十九回》

（3）圈金一品服五色計十套、玲瓏白玉帶一圍、光白玉帶一圍。《隋史遺文‧第十七回》

稱量富貴等抽象事物，如:

（4）這一套富貴，都是永兒作成的，怎好員他?《三隧平妖傳‧第三十五回》

（5）多承列位摯帶，有此一套意外富貴，感謝不盡。《初刻拍案驚奇‧卷之一》

還可以稱量曲子，如:

（6）筵席已備，邀李諤赴宴，酒至數巡，樂供幾套。《禪真逸史‧第三十九回》

（7）又有兩個歌童，生的眉清目秀，開喉音唱幾套曲兒。《金瓶梅‧第五十五回》

稱量人，配套在一起的人，相當於「幫」，較罕見，如:

（8）鄰佑地方都是他一套人，一叫便擁至。《宜香春質‧第四回》

此外，「套」還可以帶詞綴「子」，如:

（9）只見乜道旋了一大壺酒來，把四個磁杯，一套子放著。《三遂平妖傳‧第五回》

3. 襲

《說文·衣部》：「襲，左衽袍。」引申有衣上加衣之義，由此語法化為集體量詞，用於稱量成套衣服，如：

（1）三姬共製秋衣一襲，履襪一雙。《國色天香·尋芳雅集》

（2）仍賜蟒玉一襲，恩封三代，妻一品夫人，子世襲錦衣千戶。《鼓掌絕塵·第二十回》

（3）越國公楊素，晉封上柱國，賜金花一對，綵緞十端，玉帶一條，緋魚一襲。《隋煬帝豔史·第四回》

4. 路

《說文·足部》：「路，道也。」本義為道路，引申有途徑義，由此語法化為量詞，用於稱量武術套路，是宋元時代新興的量詞，明代沿用，稱量棍法、拳法、槍法等，如：

（1）不是開得一路好棍，便是打得一路好拳。《鼓掌絕塵·第十二回》

（2）然後從地下打一路飛腳，翻了幾個筋斗。《檮杌閒評·第二回》

（3）當下敘禮畢，閒講了幾路拳法。《喻世明言·第二十一卷》

（4）今日是這個教他一路槍，明日是那個教他一路槍，傳雜了。《隋史遺文·第十五回》

5. 床₂

《說文·木部》：「床，安身之坐者。」是供人睡臥的家具，引申為個體量詞，相當於「架」「座」，又引申為集體量詞用來稱量器具，相當於「套」「副」，如：

（1）一千貫錢房臥，帶一個從嫁，又好人材，卻有一床樂器都會，又寫得，算得，又是歆旒大官府第出身，只要嫁個讀書官人。《警世通言·第十四卷》

6. 具

《說文·廾部》：「具，共置也。」本義是準備、置辦，引申為名詞是器具，

發展為量詞，稱量完整的對象，如：

（1）乃為文以告於保安之靈，發開土堆，止存枯骨二具。《喻世明言·第八卷》

（2）付以孔雀膽一具，命乘便毒殪之。《情史·卷十四》

稱量成套的東西，如：

（3）難道天地間破格生這一具鼓緊的傢夥與我受用？《醋葫蘆·第六回》

（4）丞相臨終，託卿以十具牛為田，不聞為卿求位。《東西晉演義·第二五四回》

（5）吩咐軍中畫匠將棉布畫成獅子圖形三百具，限十日內報完。《三遂平妖傳·第三十四回》

### 7. 藏

《玉篇·艸部》：「藏，庫藏。」即儲存東西的地方，後引申為佛教、道教經典的總稱，語法化為量詞，相當於「套」，是隋唐五代新興的量詞，明代沿用，用法穩定，如：

（1）眾亦難消，與汝置經一藏，消滅罪惡，早登善果。《水滸傳·第九十回》

（2）取大乘經三藏，超度孽苦昇天也。《西遊記·第六十八回》

### （三）家庭類

明代白話小說中統計得到家庭類量詞4個：家、戶、門、房。

### 1. 家

《說文·宀部》：「家，居也。」《玉篇·宀部》：「家，人所居，通曰家。」本指人居住的處所，引申為量詞稱量家人，明代白話小說中用於稱量人，如：

（1）獻了神祇，請了幾家鄰居，盡歡而散。《歡喜冤家·第十五回》

（2）盛總兵只因約了兩家公子較射，預先把垛子豎在那裏了。《鼓掌絕塵·第十八回》

（3）那一家皇親不欽敬，那一個仕宦不結交。《禪真逸史‧第
六回》

（4）須先把他兩家家眷拿來，重刑拷問，婦人們受不得刑，自
然招出。《檮杌閑評‧第二十回》

量詞「家」的「AA」式重疊和「一AA」式重疊在明代白話小說中得到使
用，如：

（5）但願得打破了家家的醋甕醋瓶，傾翻了戶戶的梅糟梅醬。
《醋葫蘆‧第二十回》

（6）定然一家家捱次都到，至十四這日，辭了外邊酒席，於衙
中整備家宴。《今古奇觀‧第十五卷》

此外，還可以加詞綴「兒」，如：

（7）一家兒止得六七個人，恐人多使費太重，粗衣淡飯，儉嗇
非常。《歡喜冤家‧第二十回》

## 2. 戶

《說文‧戶部》：「戶，護也。半門曰戶。」指單扇的門，引申為住戶、人
家，由此語法化為量詞，稱量人家，如：

（1）地方上存不多幾戶。《石點頭‧第三回》

（2）令州郡校實，見一戶留一丁，餘悉發為兵。《東西晉演義‧
第二二六回》

（3）楊順蔭一子錦衣衛千戶；路楷紀功，升遷三級，俟京堂缺
推用。《今古奇觀‧第十三卷》

此外，「戶」還有「AA」式，如：

（4）但願得打破了家家的醋甕醋瓶，傾翻了戶戶的梅糟梅醬。
《醋葫蘆‧第二十回》

（5）百姓祈禳作福者甚多，家家供奉，戶戶瞻依。《禪真逸史‧
第四十回》

## 3. 門

《玉篇‧門部》：「門，人所出入也。」由此產生分門別類義，語法化為量

詞，稱量種類、類別，在明代白話小說中可以稱量親事，如：

（1）小可尋得絕妙一門親事，今日特來作伐。《醋葫蘆·第五回》

（2）你在家看好哥兒，叫媒人替你兄弟尋上一門親事。《金瓶梅·第九十七回》

還可以稱量人，如：

（3）生了你一人，斷送我蘇氏一門！《封神演義·第三回》

（4）龍鬚、龍爪一十四門精兵齊出，柴郡主與孟良前後力戰。《楊家府通俗演義·第五卷》

### 4. 房

《說文·戶部》:「房，室在旁也。」指正室兩旁的側房，引申為指妻室，由此語法化為量詞，明代白話小說中用來稱量妻室，如：

（1）陳進自知衰老，日近桑榆，替他娶了一房妻小。《鼓掌絕塵·第三十五回》

（2）老爺說你小心得用，欲賞你一房妻小。《警世通言·第二十六卷》

（3）徐公子道：「昨日我因先生說，饒了他一房性命，申到上司，怕他一房不是死？」《型世言·第二十九卷》

### （四）其他類

明代白話小說中統計得到家庭類量詞4個：窠、彪、批、宗。

### 1. 窠

《說文·穴部》:「窠，空也。」鳥類穴居之處，後引申指各種動物居住之處，由此語法化為量詞，明代白話小說中多用於一次孵出或一胎生的動物，如：

（1）當時因壞了我一窠雞兒，曾許下賠我幾斗麥子，不見把來與我。《三隧平妖傳·第八回》

（2）抱出了小孩子，還不打緊，這母雞也死了，這一窠雞卵也都沒用了。《三遂平妖傳·第八回》

還可以加詞綴「兒」，如：

（3）我們當在死中求活，還殺出去，破圍逃命，怎住在城裏，滾湯潑老鼠，一窠兒死。《型世言‧第二十三卷》

## 2. 彪

《說文‧虎部》：「彪，虎文也。」引申形容身體健壯，語法化為量詞，稱量軍隊，是宋元時代新興的量詞，明代沿用，用來稱量人馬、士兵，如：

（1）擁出一彪人馬來。《檮杌閒評‧第十八回》

（2）不期徐海正圍阮副使在桐鄉，一彪兵撞出，早已把王翠翹拿了。《型世言‧第七卷》

（3）渡江來到富陽，當先遇著一彪哨馬，伯清知是朱軍，急下馬而走，被哨軍捉住，送到文忠帳下。《英烈傳‧第五十一回》

## 3. 批

《說文‧土部》：「坒，地相次比也。」章太炎先生在其《新方言‧釋言》中提出作量詞的「批」來源是「坒」，本義是連接，連接而聚集便有大批、大量義，由此語法化為群體類集體量詞，用於稱量數量較多的人或事物，如：

（1）也罷，我這批上有三十個人，都在這中前後。《西遊記‧第七十六回》

（2）如今關出這批銀子，一分也不動，都盡這邊來。《金瓶梅‧第五十三回》

（3）張二官出了五千兩，做了東平府古器這批錢糧。《金瓶梅‧第八十回》

## 4. 宗

《說文‧宀部》：「宗，尊祖廟也。」引申為宗族義，語法化為量詞，可以稱量事物的種類或事件的數量，明代白話小說中可以稱量文契、公案、款項等，如：

（1）都氏又理了一宗文契，並一紙分單，交與都飆。《醋葫蘆‧第十一回》

（2）參黃籙一宗，玉字金書御墨謅；建瑤壇一座，寶燈銀燈曙

光輝。《飛劍記・第十三回》

（3）這幾宗款項委實無多，如今也說不得沒有。《檮杌閒評・第三十九回》

（4）分明是秀才家一塊打門磚，道學家一宗大公案。《石點頭・第十一回》

也可以用來稱量錢糧、買賣等事情，如：

（5）他這一遭，要收好一宗錢糧，也該分惠些纔是。《檮杌閒評・第二十四回》

（6）李三哥來，今有一宗買賣與你說。《金瓶梅・第七十八回》

（7）好，好，也完了一宗事。《今古奇觀・第十卷》

還可以稱量私情、古怪等抽象事物，如：

（8）我看娘子容顏標緻，人又賢德，若是肯容我婆子說這一宗私情兒，便是這珠翠白送，還有許多在後。《東度記・第四十一回》

（9）故此弄法自弄，社中就因他的蹺蹊，弄出這一宗古怪。《東度記・第五十六回》

（10）若不用一副豬羊，做一個半宗願心。《鼓掌絕塵・第二十六回》